REMARQUES CRITIQUES,

Sur un Livre intitulé, Essais de Litterature pour la connoissance des Livres, imprimé à Paris, és années 1702 & 1703.

Par le Sieur PELHESTRE.

PREMIERE PARTIE.

Le prix est de 12. sols.   4.

AF249978

A PARIS,

chez { PIERRE RIBOU, à l'Image saint Loüis. Et MICHEL CLOUSIER, à la Charité. } Quay des Augustins.

M. D. CCIII.

Avec Approbation & Privilege du Roy.

3376
(2)

Page 1. ligne 20. lisez *subticere*. p. 3. l. dern.
d'aprendre. p. 13. l 13. j'eus. p. 14. l. 20. di-
sois-je. p. 16. l. 23. S. Gal. p. 17. l. 6. tirer. p.
27. l. 25. qu'ils p. 34. l. 21. pareils. p. 36. l.
21. Melvil l. der. que l'on les. p. 43 l der. pe-
ter les circ. p. 45. l. 5. sans. p. 47, l. 16. endroits mot à mot. p. 65. l. 26. parler. p. 68.
l. 16. pensât. p. 69. l. 3. avertissement. p. 70.
l. 4. seants. p. 72. l. 9. *prædicabilium*. p. 73.
l. 7. quand. p. 77. l. 27. fonds p. 78. l. 9.
entre.

J'AI lû par ordre de Monseigneur le Chancelier *les Remarques Critiques sur les Essais de Litterature* par M. PELHESTRE, & n'y ai rien trouvé qui en doive empêcher l'impression. Fait à Paris ce 30. Mars. 1703. FONTENELLE.

PRIVILEGE DU ROY.

LOUIS par la grace de Dieu Roi de France & de Navarre, à nos amez & feaux les Gens tenans nôtre Cour de Parlement, Maîtres des Requêtes ordinaires de nôtre Hôtel, Baillifs, Sénéchaux, Prevôts, leurs Lieutenans, & tous autres nos Justiciers qu'il appartiendra, SALUT. Nôtre bien-amé le Sieur PELHESTRE Nous ayant fait remontrer qu'il a composé un Ouvrage qu'il desireroit donner au public, sous le titre de *Remarques Critiques sur un Livre intitulé, Essais de Litterature pour la connoissance des Livres*, s'il nous plaisoit lui accorder nos Lettres de Privilege sur ce necessaires : Nous avons permis & permettons par ces Presentes audit Sieur Pelhestre de faire imprimer ledit Ouvrage, & de le faire vendre & debiter par tout nôtre Royaume par tel Imprimeur & Libraire qu'il voudra choisir en telle forme, marge, caractere, en une ou plusieurs parties, conjointement ou separément, & autant de fois que bon lui semblera pendant le temps de cinq années consecutives, à compter du jour de la datte des Presentes. Faisons défenses à tous Imprimeurs, Libraires & autres de contrefaire ledit Livre, ni d'en faire venir, vendre, ni debiter d'impression étrangere sous quelque pretexte que ce soit, même d'en faire aucuns Extraits sans le consentement par écrit de l'Exposant ou de ceux qui auront droit de lui, à peine de confiscation, de deux mille li-

vres d'amande, & de tous dépens, dommages &
interêts. A la charge que ces Presentes seront
enregistrées és Registres de la Communauté des
Imprimeurs & Libraires de Paris; que l'impression de ce Livre sera faite dans nôtre Royaume
& non ailleurs, & ce en bon papier & beaux
caracteres conformément au Reglement de la
Librairie : & qu'avant de l'exposer en vente il
en sera mis deux exemplaires dans nôtre Bibliotheque publique, 'un en celle de nôtre Château
du Louvre, & un en celle de nôtre trés-cher &
feal Chevalier Chancelier de France le Sieur
Phelypeaux, Comte de Pontchartrain, Com-
mandeur de nos Ordres. Le tout à peine de nul-
lité des Presentes, du contenu desquelles vous
mandons que vous fassiez joüir & user l'Exposant, & ceux qui auront droit de lui plainement
& paisiblement, cessans & faisant cesser tous
troubles & empéchemens contraires. Voulons
que la copie qui sera imprimée au commencement ou à la fin du Livre, soit tenue pour bien
& dûëment signée, & qu'aux Copies collation-
nées par l'un de nos amez & feaux Conseillers-
Secretaires foi soit ajoûtée comme au present
Original. Commandant au premier nôtre Huis-
sier ou Sergent faire pour l'execution des Presentes tous exploits necessaires sans demander
autre permission nonobstant clameur de haro,
chartres normande & autres à ce contraires.
Car tel est nôtre plaisir. Donné à Versailles,
le troisiéme jour d'Avril l'an de grace mil sept
cens trois, & de nôtre Regne le soixante. Par
le Roi en son Conseil, BULTEAU.

*Regiftré sur le Livre de la Communau-
té des Libraires & Imprimeurs de la Ville
de Paris le   Avril 1703.*
Signé, TRABOUILLET, *Syndic.*

PREFACE.

Our peu que l'on fasse d'attention à toutes les précautions que l'Auteur des Essais a prises pour dérober au Public la connoissance de son nom, ne semble-t'il pas que honteux de ses propres productions, il ne leur laisse la liberté de voir le jour que pour le profit qu'il en retire ? & n'y a-t'il pas de la bizarrerie à vouloir être seul inconnu, pendant qu'il travaille à donner la connoissance des Auteurs ?

J'avouë qu'il y a quantité d'Ecrivains qui n'ont pas voulu se faire connoître ; les uns ont apprehendé d'avilir leurs Ouvrages & d'en diminuer le merite. Ce fut dans cette pensée qu'un Auteur qui a écrit de *Laudibus B. M. Virginis*, dit, *Nomen meum malui subjicere ne tractatus fortè vilesceret cognito tractatore.* Un Moine de Molême qui a écrit la vie de saint Robert son Abbé, parle à peu prés de même, *in hoc opere nomen meum*

*subticui , & ne forte apud imperitos opus ip-
sum vilesceret , si peccatoris nomen in prima
fronte operis apparere.* Ce fut ainsi que
Guibert Abbé de Nogent en usa d'a-
bord en publiant son Histoire de la
guerre Sainte, *plane veritus piam Histo-
riam personæ odibilis fœdare vocabulo* , &
declare qu'il n'y eut jamais mis son
nom s'il n'avoit trouvé une personne
d'un merite distingué à qui la dedier.
*Ratus autem ipsam per se claram præclari
hominis titulo posse fieri clariorem , ad te
tandem appuli & operis sui auctoris nota de
presso.* Il y a là ce me semble bien de la
rhetorique ; mais un bon Ecclesiastique
qui écrivoit vers le commencement du
quinziéme Siecle n'y chercha pas tant
de finesse : car en dediant à Jeanne de
Laval Reine de Jerusalem , de Naple
& de Sicile, un Ouvrage qu'il avoit
tourné de vers en prose sous ce titre,
le Pelerin de vie humaine , il dit, *Je tres-
humble Clerc , Serviteur & Sujet d'icelle
Dame , demeurant à Angers , indigne de
moi nommer pour évader vaine gloire.*

Il y a donc des Auteurs qui suppri-
ment leurs noms , de crainte de desho-
norer leurs Ouvrages , comme il y en
a qui le cachent, par la crainte exces-

PREFACE.

sive que leurs Ouvrages ne leur fassent
trop d'honneur. L'Auteur des Essais cache le sien par un motif bien different :
car il craint, que s'il en étoit connu
l'Auteur, il ne perdit sa réputation, sa
fortune & un Benefice qu'il attend de
la protection de ses amis. Je ne dis rien
que je ne tienne de deux personnes
qu'il m'a envoyées me prier de ne le
point nommer, & même M. Pontier
en faveur de qui l'Auteur des Essais a
inseré un éloge pompeux dans son mois
de Février, non content de ce que je le
lui avois promis, m'en écrivit le 24.
Decembre, en ces termes.

*A M. Pelhestre, Bibliothecaire des
Cordeliers à Paris. On me dit hier, Monsieur, que vous aviez écrit contre les Essais
de Litterature, & que vous aviez nommé
au titre de cet Ouvrage Monsieur l'Abbé
T... je vous ai dit qu'il n'en étoit point
l'Auteur, & quand même il le seroit, je
vous ai prié de toute ma force de ne le point
nommer ; vous me l'avez promis, je vous
en rafraichis la memoire, vos feuilles ne font
point encore tirées, vous pouvez faire supprimer son nom & donner M. cette satisfaction à V. T. H. & O. S. Pontier.*

Il est juste d'appendre au Public ce

qui m'a porté à écrire contre les *Essais*. Quelques jours avant que l'impreſſion du premier fut achevée, M. T. me vint trouver & m'en parla, m'aſſurant qu'on l'avoit trouvé ſi bon, que tous les Sçavans d'une commune voix me l'attribuoient. Je le remerciai de cet honneur, l'aſſurant que je ne voulois point être Auteur aux dépens des autres : qu'au reſte, ſi ſon Ouvrage étoit tel qu'il me l'avoit dit, je lui donnerois avec plaiſir quantité de remarques touchant les anciennes Impreſſions, qui étoient ſans conſequence entre mes recueils. Sur le champ il me pria de lui dire qui étoit Jean Clerée, qu'il ne connoiſſoit point, je lui appris ce que j'en ſçavois, & même je le lui dictai pendant qu'il l'écrivoit. Cet Ouvrage enfin parut, & on eut la malignité de le débiter ſous mon nom, & le bruit s'en répandit ſi generalement, qu'il paſſa même chez les étrangers, dont j'ai été averti par leurs Lettres.

Il ne m'en fallut pas davantage pour m'obliger à écrire ; mais étant tombé malade je n'y ſongeai qu'au mois de Septembre, encore que je l'euſſe lû dés la fin de Juillet que M. T. m'en apporta un exemplaire, sur lequel je lui fis sur le champ des observations de vive voix, dont il s'est servi, comme il a pu dans ses aditions à la fin du second Essai ; ayant appris que j'écrivois, il envoya M. Pontier me prier de n'écrire point, ce que je ne voulus pas lui accorder ; il m'offrit la moitié du gain, ce que je refusai comme injurieux ; il me pria de ne le traiter point de Plagiaire, j'en convins, comme aussi de ne le nommer pas. Depuis ce tems-là on me pria de vouloir corriger ses épreuves, artifice grossier, afin d'avoir une preuve que j'étois Auteur des Essais : tout cela est-il fort honnête, & ressent-il fort le caractere d'un homme sincere ?

Aprés cela, qui croiroit que je devrois beaucoup ménager de tels gens ? & n'ai-je pas un sujet assez raisonnable de dégager ma parole ? L'Auteur m'en auroit dû excuser si ce qu'il ditest veritable, que *les Sçavans avoient reçû avec plaisir ses premiers Essais* tout imparfaits qu'ils étoient, de son propre aveu; que *le Public étoit dans une impatience* surprenante *d'en voir la suite*, que *le goût du Public pour cet Ouvrage* en justifioit la bonté, que l'on *l'imprimoit à Lyon, ce qui fait juger qu'on n'en étoit aussi empreffé qu'à Paris*; qu'enfin le *Li-braire en étoit fort content, & que dans ces occafions l'approbation du Libraire vaut celle de bien d'autres*, qu'on en deman-doit *une douzaine de Montpellier, & deux douzaines de Francfort*, que le *Jour-nal de Leipfic en devoit parler*: car aprés cela quel inconvenient y avoit-il à nom-mer cet Auteur? Il cachoit fon nom, parce qu'il ne fçavoit pas fi fon Ou-vrage feroit goûté: à préfent qu'il a l'approbation du Public & des Sça-vans, rien ne doit m'empêcher de le démafquer.

Cependant pour en juger plus équita-blement, & avoir des fentimens plus conformes aux interêts de l'Auteur, il faut croire que la raifon qui l'obligeoit au commencement à fe cacher fubfifte encore, & toutes ces prétenduës loüan-ges dans lefquelles on intereffe le Pu-blic & les Sçavans demanderoient de meilleures cautions que fes Préfaces. Nonobftant tant de loüanges, il eut bien fouhaité qu'une partie de la gloire m'en fût demeurée, comme il me l'a-voit donnée toute entiere au commencement, comme difoit Erafme, parce qu'il falloit donner cours à cet Ouvrage : *ex meo nomine quafivit lucrum*, & comme on fera convaincu que je n'y ai aucune part, je lui confeille de chercher un autre Patron.

Au refte, fuivant l'ordre que je prétendois tenir dans mes Remarques, il eut été plus naturel de commencer par les Livres les plus anciens, & de parcourir chaque Siecle ; en effet puifque cet Auteur nous parle de Livres hors de fa Sphere, qu'avons-nous à faire de le fuivre ? D'autres ont cru qu'il valloit mieux examiner le premier Effai tout entier en rappellant des autres ce qui y a quelque rapport ; c'eft ainfi que je raffemblerai fur l'article de Clerée les *Maillards*, les *Menots* & les *Barrelete* : & je prie l'Auteur des Effais, s'il a encore dans fes Recueils des Sermons de cette trempe & de ce mauvais goût de les donner bien-tôt ; car ils ne valent pas la peine d'en faire à deux fois.

Quand aux autres Effais qui fuivent le premier, nous avons du tems pour les examiner, & nous fuivrons en cela l'ordre le plus convenable & le plus methodique qu'il nous fera poffible.

C'eſt dans cette vûë que pour ne nous écarter point de nôtre ſujet nous renvoyerons ce qu'il y a d'étranger dans chaque article à d'autres petits Chapitres, afin que l'on puiſſe mieux comprendre l'importance de la choſe, ce qui ne ſe pourroit faire en mêlant confuſément ces faits avec des narrations qui n'y ont aucun rapport. On citera les Auteurs dont on empruntera les penſées, & je declare par avance que quand l'Auteur en uſera autrement, je n'y aurai aucun égard, ſon infidelité & ſa mauvaiſe foi m'étant trop connuë pour le croire ſur ſa parole & ſes memoires ſecrets, à la faveur deſquels il avance une infinité de choſes avec une trop grande hardieſſe, comme on le verra dans la ſuite de mon Ouvrage.

Je dois avertir M. T. que ſi je me ſers de quelques termes un peu durs, ils ne s'adreſſent qu'à celui qui eſt veritablement Auteur des Eſſais : ſi c'eſt ſon Solitaire, il a tort d'avoir ſi mal ſervi un ami abſent : ſi c'eſt lui-même, je n'y ſçaurois que faire, & il n'en doit accuſer que l'irregularité de ſa conduite à mon égard.

REMARQUES
CRITIQUES,

Sur un Livre intitulé, Essais de Litterature pour la connoisfance des Livres.

E titre d'*Essais de litterature pour la connoissance des Livres* est fort simple, & encore qu'il n'ait *rien d'éblouissant & qui a previenne fort le Lecteur en faveur de l'Ouvrage :* il n'a pas laissé d'allarmer quelques Libraires qui recherchent des Livres rares pour en garnir leurs Boutiques à un prix mediocre, pour les vendre ensuite bien cher ; c'étoit, disoit quelqu'un, découvrir au Public un secret qui nous empêchera dorénavant

a Page 403.

de les avoir à bon marché de ceux qui
n'en sçavoient pas la valeur ni le merite.
Delà vient que celui qui imprimoit ces
Essais, passoit dans sa Communauté
comme un anathême.

D'autres plus judicieux considerant
que l'Auteur de ces Essais se *proposoit de
parler précisément de Livres que le tems a
fait perir*, se consoloient aisément, parce
qu'ils ne vendent que des Livres qui
existent actuellement, & non pas des Livres perdus, & qui ne se trouvent plus.

Les personnes de litterature qui ne recherchent les Livres qu'on appelle *rares*,
que dans la vûë de les connoître & se
distinguer par là du commun, avoient
pris la chose d'une maniere plus avan-
tageuse pour l'Auteur : car comme
il promet, *de ne traiter précise-
ment que de certains Livres reccommanda-
bles par leur antiquité, par leur rareté, ou
par leur singularité*. Livres que le tems a
fait devenir si rares, qu'ils font entierement
inconnus, même à la plûpart des Gens de
Lettres qui ont le plus d'érudition ; ces
Sçavans, dis-je, benissoient le Siecle
qui avoit donné le jour à un homme
qui promettoit de leur donner une connoissance parfaite de ce que la curio-
sité

fité des Livres a de plus fin. J'avoüe
ingenuëment que je fus fi charmé des
belles promeffes de cet Auteur, qu'elles
me firent douter, que toutes mes recher-
ches fur cette efpece d'étude, puffent aller jufque au point où il portoit nos ef-
perances, & ce fut ce qui m'obligea de
lui offrir quantité de mes Recueils, que
je lui euffe communiqué fort volontiers
pour contribuer à la perfection de fon
Ouvrage.

C'eft la difpofition où je fus pour lui
autant que j'eu en vûë le projet que je
me fis de cet Ouvrage ; mais ce plaifir
que j'avois conçû fe changea en une difpofition contraire, lors qu'ayant par-
couru le premier de ces Effais, d'où on
devoit tirer tant de lumieres, apprendre
tant de chofes inconnuës & rares, je n'y
trouvai rien que de fort commun, & que
toute cette rareté confiftoit dans l'allega-
tion d'ouvrages & de remarques déja re-
battuës par plufieurs Auteurs, dont les
écrits fe trouvent dans les mains de tout
le monde, fi on en excepte quantité de
fauffes fuppofitions qui ne peuvent avoir
guere d'autre fondement que l'imagination de l'Auteur des Effais, lequel mêle
prefque par tout de l'extraordinaire &

du merveilleux, *ce qui comme il le repro-*
che ailleurs à un Auteur entre plus dans le
caractere d'un Romancier que d'un Histo-
rien.

Il ne contribua pas peu à me convain-
cre de la pensée où j'étois en lisant cet
Essai, qu'il y avoit bien plus d'imagination dans cet Ouvrage que de realité,
lorsque je tombai sur l'article de Clerée.
Cet Auteur, dont il ne sçavoit constam-
ment aucune particularité quatre jours
avant que l'on achevât le premier Essai,
se trouva ensuite honoré d'un éloge
pompeux & magnifique, composé à
l'avanture, de ce que sa memoire lui pût
raporter, & qu'il venoit de voir dans la
Bibliotheque du grand Convent des Cordeliers de Paris, où on lui avoit montré
quatre ou cinq lignes sur cet article.
Comment, disoit - je, est-il possible
qu'il ait pû étendre le peu que je lui en
ai fait voir ? Aprés cela je n'eus pas de
peine à croire qu'il possede le grand art
de l'amplification, & qu'il sçait mettre
en pratique la maxime dont il parle
dans son huitiéme Essai, *qu'une a pensée*
en fournit une infinité d'autres.

Mais si ma propre experience & mes

a Page 84.

lumieres m'ont fait connoître le caractere & la capacité de cet Auteur ; son
imprudence l'a fait connoître au public :
car ayant assuré dans la Preface du second Essai, qu'il ne travailloit que sur
des *Memoires secrets, fidels & anecdotes
qui lui ont été confiez par un des plus rares
genies de ce Siecle*, il dément lui-même
cette fidelité de ses memoires en se re-
tractant d'une maniere si claire & si pré-
cise, qu'il n'y a rien de plus aisé à comprendre, ou qu'il faut que ce *rare genie*
soit un imposteur & un fourbe qui la
trompé, ou qu'il trompe lui-même son
Lecteur, en supposant qu'il a des memoires qu'il n'a pas : car quelle apparence y a-t'il que s'il avoit des memoires
aussi certains qu'il le dit, il fut assez le-
ger d'esprit que de les abandonner en a-
doptant tout ce que lui dit le premier
venu.

Je ne veux lui en produire qu'un seul
exemple. Il assure comme un fait incontestable, tiré de ses memoires fidels, que
*Herman le racourci (contractus) a été
Moine a de saint Benoist au Monastere de
saint Gal, puis Abbé, & enfin élevé sur le
Siege de l'Eglise de Constance.* Si on lui

a Page 36.

demande qui lui a appris ces trois faits, il répondra qu'il les a leu dans ses memoires fidels. Comment donc vient-il nous dire qu'*il est fort douteux*, & que a *c'est une chose fort contestée par les Sçavans*, qu'*Herran le Raçourci* (contractus) *ait été Evêque de Constance* ? Car *s'il est fort douteux*, & *si ce fait est fort contesté par les Sçavans*, il faut de necessité, ou que ce rare genie dont il le tient l'ait avancé témerairement, ou que ces Sçavans ayent tort de l'avoir contesté : il n'y a pas-là de milieu ; mais ce qu'il y a de plus surprenant, c'est qu'il est faux, qu'il soit *fort douteux*, & qu'il est encore faux que ce soit *une chose fort contestée*, étant tres-certain qu'avant lui, cette fausseté n'avoit donné lieu à aucun doute, ni à aucune contestation, & comme il est le premier qui ait osé l'avancer, j'ai aussi été le premier qui la lui ait reprochée, en lui montrant que si cet Herman a été Abbé de saint Cal & Evêque de Constance, qu'il faut au moins qu'il ait vêcu 260. ans. Que l'on juge de là, s'il y a eu des Sçavans qui ayent osé soûtenir que cet Herman ait pû vivre plus de deux Siecles & demi, & si les Sçavans ont pû s'em-

a *Page* 142.

barrasser de refuter serieusement cette imagination sans la décider. Ne vous attendez pas que nôtre Auteur d'Essais décide ; il n'ose aller au-delà de ses *Memoires* fideles, & le parti qu'il prend, c'est de se retirer d'affaire, par un *quoiqu'il en soit.*

Aprés une bevûë aussi grossiere, & tant d'autres que je lui fis remarquer ensuite à Livre ouvert, il n'étoit pas besoin d'attendre le jugement du Public & des Sçavans. Il avoit assuré à la fin de sa Préface, que *si ce premier Essai étoit goûté, on en donneroit autant tous les mois.* Etoit-il necessaire d'attendre un second jugement ? Ne devoit-il pas reconnoître le foible de son Ouvrage, & son insuffisance pour la suite ? Quelle sûreté avoit-il de mieux réussir aprés cela ? Je sçai de bonne part, que s'il eût abandonné son dessein au premier Essai, l'on n'eut jamais songé à relever ses bevûës par des écrits qui sont devenus publics. Qu'il n'attribuë donc qu'à son ambition les petites mortifications qu'il s'attire. Quelque interêt personnel que j'eusse à reprendre les fautes de ses écrits, je proteste ici que je me serois contenté d'en rire ou de le plaindre, si des sollicitations

puiſſantes auſquelles je n'ai pû me diſ-
penſer de me rendre, ne l'avoient em-
porté ſur mon inclination. a

　　Les Auteurs du Journal des Sçavans
en avoient aſſez dit pour déſabuſer les
perſonnes capables de s'y laiſſer ſurpren-
dre, & je dois ce témoignage à leur
grande capacité, qu'ils ont compris en
general dans l'Analiſe qu'ils ont faite de
cet Ouvrage, qu'il y en a ſuffiſamment
pour faire connoître le genie de celui qui
l'a compoſé ; mais parce qu'ils n'ont pas
crû devoir deſcendre dans un examen en
détail des faits particuliers, on a crû
que je devois l'entreprendre, & que je
devois au Public ce que j'ai acquis de
connoiſſances ſur cette matiere.

　　L'Artifice dont s'eſt ſervi l'Auteur des
Eſſais, a été de décrier tous les Journaux
qui ont paru juſqu'à preſent. Il prétend
que tout le monde en eſt dégoûté ; d'où
il conclud a qu'*il ne faut pas s'étonner aprés
cela, qu'on voye tomber dans un ſi grand
mépris ces ſortes de Livres ; & je croirois,
dit-il, achever moi-même de juſtifier le dégoût du Public par celui-ci, s'il n'étoit d'un
caractere tout different des autres & tout
nouveau.*

　　a Premiere Preface.

L'Auteur ne prend pas garde qu'il y a bien de la difference entre faire un Livre d'un caractere tout nouveau & different des autres, & faire un Livre plus parfait & plus travaillé que les autres faits avant lui. Une Histoire, une Theologie, une Philosophie, & tout ce qu'il lui plaira, bien ou mal faite, portent toûjours le même nom, & la science ou l'ignorance de celui qui y a travaillé n'empêche point que l'on ne qualifie ces Livres du nom que l'Auteur leur a donné, & pour peu que l'on conçoive quel est le but qu'il se propose, qu'il suive bien ou mal son sistême; on laissera toûjours à cet Ouvrage le nom qu'on lui a donné la premiere fois ; ainsi l'on nommera toûjours l'Ouvrage de l'Auteur, *Essais de Litterature pour la connoissance des Livres,* encore qu'il ne nous en fasse connoître aucun de ceux qu'il avoit promis, parce que dans sa pensée toute grossiere qu'elle est, il croit nous donner la connoissance des Livres, & qu'en effet il en indique quelques-uns que bien des gens ne connoissent point & qui leur auroient peut-être toûjours été inconnus sans lui ; car combien y a-t'il de gens, par exemple, qui ne sçavent point que Vanini a écrit, contre la verité d'un Dieu ? & combien y en a-t'il qui ne sçavoient pas que Nicolas Maslée avoit écrit *de la maladie Venerienne*, & qu'il avoit un admirable secret pour en guerir parfaitement ? On pourroit en dire autant de la *Siphilis* ou du Poëme de Fracaftor *de morbo gallico*, qui ne font qu'une même chofe, parce que les perfonnes pieufes & fages ne s'embarraffent guere d'acquerir la connoiffance des Livres, ou impies, ou qui traitent de chofes qui bleffent la pudeur.

Mais quand il feroit vrai, ce qui n'eft pas, qu'il ne parlât que de Livres inconnus à toute la terre ou à tout le genre humain, il pourroit bien fe vanter de nous avoir fait connoître des Livres que nous ignorions, mais non pas d'avoir fait un Livre d'un caractere tout nouveau, puifque fon Ouvrage n'eft point different dans le deffein & dans fon caractere de celui de Trithême, d'Eyfingran, de ceux de Gefner, de Poffevin, & de tous ceux qui les ont fuivis : mais afin de rendre juftice à l'Auteur, & à ceux qu'il a maltraitez dans fes quatre Prefaces, il eft ce me femble à propos de rechercher en quoi il fait confifter

cette difference dont il fe vante, & de
faire en forte d’y découvrir ce carractere
tout nouveau : car *c’eſt*, dit-il, *l’idée qu’il
s’en eſt formée & le deſſein qu’il s’en eſt pro-
poſé.*

Son titre porte, *Eſſais de Litterature
pour la connoiſſance des Livres.* Ce deſſein
n’a rien de nouveau, puiſqu’il avoüë
lui même, *que rien n’eſt plus commun que
les Ouvrages qui traitent de la connoiſſance
des Livres : qu’on ne voit autre choſe tous
les jours, que Journaux des Sçavans, Republiques des Lettres & pareils écrits dont
le trop grand nombre commence même à dégoûter.* Il n’eſt donc pas le premier qui fe
ſoit aviſé de faire un Ouvrage de ce caractere; & ce qu’il dit ailleurs, parlant de
ſes Eſſais, *que la diverſité en eſt le caractere,* n’eſt point encore ce qui rend ſon
Ouvrage different des autres & tout nouveau, étant facile de juſtifier que les
Journaux des Sçavans, les Republiques
des Lettres ſont remplis de cette même
diverſité ; enforte qu’il n’y a point
d’Arts ni de Sciences dont il ne nous
ayent donné la connoiſſance de quelques
traitez. Ce n’eſt pas non plus en ce qu’ils
ne nous donnent pas les titres des Ouvrages, puiſqu’ils les donnent tous en-

tiers en marquant les titres des Livres en
la langue qu'ils ont été écrits, le nom
de l'Auteur, celui de l'Imprimeur &
du lieu de l'Impression, l'année, la forme & le nombre de Volume, jusqu'au
nombre des pages de chaque Volume,
& quelquefois même les lieux où l'on
peut les trouver dans d'autres Pays que
ceux où ils ont été imprimez, & l'Auteur des Essais le sçait si bien, qu'il prend
delà occasion d'en faire une remarque,
par laquelle il se veut faire valoir sans
penser qu'elle est contre lui. *Je conviens,
dit-il, que je ne m'assujetis pas à la regle
des Auteurss des Journaux des Sçavans,
Republiques des Lettres, Memoires pour
l'Histoire des sciences & des beaux Arts &
autres Ouvrages de cette nature, qui poussent
l'exactitude jusqu'à cotter le nombre des pages des Livres dont ils font l'extrait. Comme je ne traite que de Livres anciens qui ne se
trouvent plus, ou qui ont été supprimez, &
qui sont devenus par là extremement rares;
il me seroit difficile de suivre cette methode.
Si je ne parlois que des Livres modernes que
j'aurois sous mes yeux lorsque j'en ferois l'extrait, alors il n'y auroit qu'à les parcourir,
en écrire le titre, l'ordre & le partage, la
chose ne seroit pas si mal aisée.* Son prétendu

Abbé de Montpellier va même jusqu'à railler l'exactitude des Auteurs du Journal : car aprés en avoir *un peu ri*, *ils devoroient*, dit-il, *se souvenir que vousne parlez que des Livres anciens & fort rares, pendant qu'ils ne parlent que des modernes qu'on leur envoye fort religieusement dès qu'ils sont imprimez ; qu'ainsi c'est fort injustement qu'ils nous veulent assujetir à leur methode.*

Comme nous serons obligez plus d'une fois de tirer avantage de quantité de choses qu'il avoüë dans ces deux passages, il me suffit à présent de remarquer qu'il reconnoît l'exactitude des Journaux tant de France que des Pays étrangers, qu'il avouë qu'il ne peut pas porter la sienne jusqu'à marquer exactement les titres, l'ordre & le partage des Livres, ni les lieux ni les tems de leur Impression, puisqu'il a manqué de les marquer dans le corps de son Ouvrage ; mais il ne doit pas trouver mauvais qu'on lui applique les propres paroles dont il s'est servi au sujet d'un Ouvrage dont il prétendoit que l'on avoit defiguré le titre. *Le titre*, dit-il, *que j'ai donné à son Histoire est le veritable, comme il est aisé de le verifier. Il est surprenant qu'on veuille imposer au*

Public fur une chofe auffi vifible que le ti-
tre d'un Livre; fi c'eft par erreur ou par
inexactitude, de quoi fe mêle-t'on de parler
des chofes que l'on ne fçait pas bien, ou que
l'on ne fçait point du tout? Il eft honteux en
effet, que fur une matiere auffi grave que
l'Hiftoire, l'on s'en repofe fur la foi des gens
tres-fouvent d'un mediocre fçavoir. On n'a
que faire de leurs conjectures, l'Hiftoire eft
pleine d'Anachronifme qui n'ont d'autre fon-
dement que ce langage douteux.

Qu'il s'applique donc à lui-même
cette cenfure ; qu'il nous dife dequoi il
fe mêle de donner des titres de fa tête à
des Livres qu'il ne connoît point & qu'il
n'a jamais vû ; qu'il fe dife, s'il lui plaît,
qu'il lui eft honteux de s'en repofer fur la
foi d'autrui ; car comment veut-il que
l'on prenne ce qu'il dit que des *Mémoires*
de ce rare genie qui font toute fa richeffe, &
qu'il eft deftitué du fecours que l'on tire
des Bibliotheques. Les Auteurs du
Journal des Sçavans en ufent autrement : ils ne parlent point en l'air des
Livres perdus qui ne fe trouvent plus ;
ils parlent des Livres modernes qu'ils
achetent ou qu'on leur envoye : & fi
c'eft en cela que fon Ouvrage eft d'un
faractere tout different des autres &
tout

~~sont des autres~~ & tout nouveau ; on en conviendra avec lui, à condition qu'il avouëra que de tous les caracteres de Journaux, le sien est le plus chimerique & le plus mauvais ; mais passons aux autres differences.

Un autre défaut qu'il a remarqué dans tous les Journaux de Litterature, est que ceux qui y travaillent n'en disent pas assez à son gré. Il est juste que nous le laissions parler, parce que ses paroles ont plus de force, de beauté & d'énergie. *Je ne sçai*, dit-il, *quels gens érigez, on ne sçait comment, en Arbitres des Ouvrages d'esprit, font à leur fantaisie le Panegyrique ou la Satyre des Auteurs, & ne nous disent presque rien des Livres.* Je conviens que c'est un grand défaut en des gens érigez en Arbitres des Ouvrages de n'en rien dire : mais l'Auteur nous fait comprendre que ce n'est pas tant par un dessein formé, que parce qu'ils *sont tres-incapables d'en juger*, & il faut qu'il en ait de bonnes preuves, puisqu'il assure sur sa conscience que ce qu'il dit *est vrai*.

Cet endroit me paroît fort délicat, & merite bien de n'être point passé legerement. Premierement, l'Auteur faisant le Panegyrique de M. Pontier, re-

marque que le ∗ Journal des Sçavans fit
un *éloge pompeux de ce Docteur*, & ajoûte
que c'eſt la plus douce récompenſe que puiſſe
attendre un Sçavant, que de s'entendre loüer
par la bouche de ceux qui ſont les vrais dépo-
ſitaires de l'encens qui eſt dû aux Auteurs,
& qui ſeuls peuvent porter un jugement ſo-
lide ſur les productions de l'eſprit ; car ſi cela
eſt, ne puis-je pas m'écrier, diſant *quo-
modo ſal evaneſcit?* L'Auteur du Journal
étoit capable de juger de l'excellence du
Cabinet des Grands le 21. Février 1701.
& ſe trouve déchû de cette capacité en
quinze mois de tems, puiſqu'avant. le
28. de May 1702. tout le monde fût dégoûté du Journal , parce que ceux
qui y travaillent ſont incapables de juger des Ouvrages d'eſprit ; L'Auteur des
Eſſais dira ſans doute que je prens mal
ſa penſée, & qu'au contraire il a reconnu dans ſa troiſiéme Preface que les Auteurs du Journal ſont *des perſonnes d'un*
merite reconnu par le ſoin qu'ils prennent de
nous apprendre tout ce qui ſe paſſe dans la
Republique des Lettres : mais cela a-t'il
empêché qu'il n'ait enſuite imprimé une
Lettre d'un prétendu Abbé de Montpellier pleine d'extravagances, pour en

∗ Fib. 1703. page 88. 90.

parler avec moderation, & d'invectives fades contre les Auteurs qui y travaillent? Qu'il accorde comme il lui plaira les termes avec lesquels il parle d'eux dans cette Lettre, & les loüanges qu'il leur donne ailleurs; c'est ce qu'on le défie de faire : car s'il désavoüe la Lettre, comment s'est-elle trouvée à la tête de son quatriéme Essai? & quand même il la désavoüeroit comment pourra-t'il se sauver de ce qui est au commencement de sa premiere Preface, dans laquelle il confond le Journal des Sçavans avec les autres Ouvrages dont on *commence à se dégoûter.*

La raison de ce prétendu dégoût est assez singuliere, & la grande penetration de nôtre Auteur ne l'a pas empêché de fournir un principe qui détruit la plus grande partie de ses propres Essais. Il reproche aux Journalistes *de faire à leur fantaisie le Panegyrique ou la Satyre des Auteurs, & qu'ils ne disent presque rien des Livres :* mais à la fantaisie de qui veut-il qu'il les fassent? N'a-t'il pas lui-même fait à sa fantaisie l'éloge de Crellius Socinien ? N'a-t'il pas encore fait à sa fantaisie ceux de Calvin, de Beze, de Camerarius, de l'athée Marulle & autres dont le nom ne devroit pas se trouver dans l'Ouvrage d'un Ecclesiastique & d'un Prêtre ? Et n'a-t'il pas fait la Satyre de Maillard, Menot & de Barrelete en nous indiquant l'Apologie d'Herodote dans laquelle ces trois bons Religieux sont traitez indignement & tournez en ridicules ?

Ce qu'il ajoûte que les Journalistes ne disent presque rien des Ouvrages, est un reproche dont il les justifie dans ce que nous avons déja allegué, & dont il se declare coupable. *Si*, dit-il, *l'on se plaint que souvent j'abandonne mon dessein en ne parlant pas assez de l'Ouvrage, & en m'attachant trop à l'Histoire de l'Auteur* (il ne nie pas le fait; mais voici l'excuse qu'il en donne) *à cela*, dit-il, *je pourrai répondre avec le Sçavant M. Colomiés, qu'il m'arrive quelquefois d'étudier plûtôt le genie de l'Auteur que la matiere même qu'il traite : mais je ne le fais que lorsque cette matiere est d'une telle secheresse que l'extrait n'en plairoit pas au Lecteur.* Les Journalistes n'ont-ils pas le privilege d'en faire autant sans qu'il soit besoin d'avoir pour garand son sçavant M. Colomiés ? Le Systême de Colmiés & le sien sont-ils tellement semblables qu'il

s'en puisse prévaloir ? Et au fond quand
il seroit semblable, les fautes de ce Pro-
testant sont-elles une bonne excuse dont
il puisse se couvrir ? Quoiqu'il en soit ,
n'avoüe-t'il pas par-là qu'il ne dit rien
des Livres , & qu'il s'attache plus à
l'Histoire qu'à l'Ouvrage.

Ce qu'il dit qu'il lui arrive d'étudier
plûtôt le genie de l'Auteur que la matiere même qu'il traite, est une pure
fanfaronade ; car comment peut-il connoître le genie d'un Auteur, à moins
qu'il n'étudie la matiere qu'il traite ?
N'est-ce pas en étudiant un Livre que
l'on reconnoît le genie de l'Auteur ? Et
parler autrement aux yeux du Public,
n'est-ce pas prendre tout l'Univers à té-
moin que l'on est absolument dépourvû
du bon sens ? Si l'excuse qu'il vient de
donner est ridicule, l'exemple qu'il al-
legue pour l'appuyer ne l'est pas moins.
*Le précis d'un Sermon , dit-il, ne seroit pas
lû agreablement : alors je me dédomage dans
l'Histoire & dans l'Anecdote de l'Ouvrage , de ce que j'y trouve de trop sec ; sur que
je suis que ces disgressions ne déplairont pas
au Lecteur.*

Mais je crains bien fort qu'il ne compte sans son hôte, comme dit le Prover-

be : car quelle sûreté a-t'il que ses disgressions ne déplairont pas ? Un Lecteur
doit-il être fort content que l'on lui
fasse quitter la route la plus droite pour
s'instruire d'un Ouvrage, pendant qu'on
l'entraîne dans des Pays perdus ?
L'Auteur dit qu'il se dédommage par-là
de ce qu'il trouve de trop sec dans l'Ouvrage même : mais qui l'assure que le
Lecteur se croye bien dédomagé ? car il
doit se souvenir qu'il écrit pour les autres & non pas pour sa satisfaction particuliere. Si ses écrits ne sortoient point
de son cabinet, il en useroit à sa fantaisie;
mais dés qu'il les donne au Public, il y
doit apporter un peu plus de précau-
tion.

D'ailleurs qui lui a dit, & à qui per-
suadera-t'il, que le précis d'un Sermon
ne seroit pas agreable au Lecteur ? On
lui soûtient qu'absolument parlant,
cette proposition est fausse & démentie
par une infinité d'exemples, & par lui-
méme, puisque nous avons quantité
d'Analyses ou de précis de Sermons qui
sont tres-agreables : & l'on peut dire à la
loüange de M. du Pin qu'il a tres-bien
réüssi sur cette espece de travail quand il
a voulu s'en donner la peine, & à le dire

en general il n'y a peut-être pas d'écrits
dont l'Analyse & le précis se puis-
sent faire avec plus de facilité & de
succés, parce que les divisions expresses
ou sous-entenduës donnent tant d'ou-
verture, qu'il faut être d'un esprit commun & fort grossier pour n'y pas réüssir;
& ce qui me surprend davantage, c'est
qu'un homme qui se mêle de prêcher
ignore que le précis d'un Sermon, quand
il est fait de bonne main, est souvent
plus agreable que le Sermon même,
parce que celui qui s'en mêle sçait éviter
ce qu'il y a d'obscur, ou le développe
d'une telle maniere, qu'il éclaircit & a-
brege une pensée qui n'étoit pas aisée à
découvrir dans l'embarras de quantité
de paroles souvent inutiles; & il faut au
fond qu'un Sermon soit bien mauvais si
l'on n'y trouve rien de bon à remarquer.

Mais si selon nôtre Auteur les Sermons sont un terroir si aride & si sec,
qu'il n'y trouve rien d'agreable, & qui
puisse ragoûter son Lecteur, qui l'a o-
bligé d'en parler ? Cette excuse pourroit être de mise si elle se trouvoit dans
le Journal des Sçavans, dont les Auteurs
se sont fait une loi de parler de tous les
Livres à mesure qu'ils sortent de dessous

la preſſe. Au contraire il n'eſt contraint
ni par le temps, ni par la matiere ;
étant entierement le maître de choiſir
tel ou tel ſujet au gré de ſon caprice. Il
a donc fort mauvaiſe grace de rejetter
ſur ſes materiaux la ſterilité de ſon
propre génie. Si les Sermons n'é-
toient de ſon goût ; ſi cette matiere lui
paroiſſoit ſeche & peu propre à plaire à
ſes Lecteurs, que ne la rejettoit-il ? N'a-
voit-il pas de quoi s'occuper utilement
dans une infinité d'autres Ouvrages dont
on attendoit de lui toute autre choſe que
de ſimples titres, que ſouvent même il ne
rend pas avec aſſez de fidelité? Les Livres
dont ſes Eſſais font mention ne don-
noient-ils pas un aſſez beau champ à ſa
plume ? Le précis d'une Hiſtoire, par
exemple, auroit ſans doute été plus agréa-
ble au Public ſçavant, que ſes prétenduës
Anecdotes.

On a déja remarqué une abſurdité ſenſible, qui conſiſte en ce qu'il prétend qu'é-
tudier le genie de l'Auteur ſoit une choſe
differente de l'ouvrage même, & il a trouvé cette penſée ſi juſte qu'il l'employe encore une fois, lorſqu'il dit que ne faiſant
pas le précis d'un Sermon, il ſe dédoma-

ge dans l'Hiſtoire & dans l'Anecdote de
l'Ouvrage : car qu'elle Hiſtoire & qu'elle Anecdote peut-il faire d'un Sermon,
à moins qu'il n'en donne le précis ? Et
y a-t'il du bon ſens à dire ſerieuſe-
ment une choſe qui eſt inſoûtenable ?
puiſque l'Hiſtoire à cet égard ne peut ê-
tre que lé précis & l'Analyſe même.

De tout ce que je viens de remarquer,
il eſt aiſé de juger ſi l'Auteur a raiſon de
dire que ſon Ouvrage ſoit d'un caractere
tout different des autres & tout nouveau, puiſqu'il ne faut que faire le paral-
lele de ſes Eſſais & des Journaux, pour
reconnoître que la ſeule difference qui ſe
trouve entre ces Ouvrages, c'eſt que
l'Auteur des Eſſais ne tient jamais ce
qu'il a promis, & que ceux des Journaux donnent toûjours au-delà de ce que
l'on attendoit d'eux. En quoi donc peut-
il faire conſiſter cette prétenduë difference & cette nouveauté ? Ce ne peut
être ni dans le titre, ni dans le deſſein,
ni dans la methode. Il convient qu'il n'eſt
pas le premier qui a traité de la connoiſſance des Livres, qu'il n'eſt pas le premier qui ſe ſoit engagé à en faire l'extrait. Il ne peut pas ſe vanter d'avoir ſur
ces deux articles mieux réüſſi que ceux

qui l'ont precedé : il avoüe au contraire que les autres s'en acquitent avec tant d'exactitude qu'elle va jusqu'à *en écrire le titre, l'ordre & le partage*, & qu'ils cotent même le nombre des pages des Livres dont ils font l'extrait : qu'il ne peut *pousser son exactitude jusques à les suivre dans cette methode*. Cherchons donc ce qu'il entend par ces termes *de caractere tout different & tout nouveau*, & tâchons de découvrir en quoi il fait consister ce mystere, qui nous a été inconnu jusqu'à présent : car si nous n'y apercevons pas cette nouveauté, il est certain, selon lui-même, que loin d'avoir donné au Public un Ouvrage de quelque utilité, il ne fait qu'augmenter le nombre des Livres qu'il a voulu décrier; & qu'il *acheve lui-même de justifier le dégoût* qu'il prétend que le *Public a conçû contre les* Journaux des Sçavans, les Républiques des Lettres, & par les écrits; Voyons donc s'il a quelque chose de meilleur à dire.

Il declare que *le dessein qu'il se propose dans ses Essais est de ne traiter précisément que de certains Livres, recommandables par leur antiquité, par leur rareté, ou par leur singularité; & de discerner les meilleures Editions qui en ont été faites*. L'entreprise

est grande & belle à la verité;mais l'execution ne m'en paroît pas aisée : car
comment trouvera-t'il le moyen de con-
cilier ces deux choses, qu'un Livre ait
été imprimé plusieurs fois , & que nean-
moins il soit devenu rare ; puisqu'au
contraire un Livre cesse d'être rare par le
grand nombre des éditions qui en ont été
faites : cependant ce sont ces mêmes Livres imprimez plusieurs fois qu'il se
vante de faire connoître au Public.
L'Auteur n'en demeure pas-là : il
prétend donner la connoissance de *certains Livres*, dit-il, *curieux & secrets*.

J'avouë que le terme *Public* est assez
équivoque , parce qu'il signifie quelque
fois l'assemblage de tous les particuliers
qui composent un état ; & en ce sens on
peut lui passer qu'entre ceux qui composent ces grands corps (entre lesquels on
comprend ce quel'on appelle *le populaire*)
il y en a quantité qui n'ont jamais oüi
parler des Livres dont il a donné la note
dans ses Essais,puisqu'il y en a encore un
aussi grand nombre qui ne sçavent pas
qu'il a écrit.

Mais il a prudemment satisfait à
cette difficulté , en faisant comprendre
que ce n'est pas de ce Public qu'il a en-

tendu parler, en ajoûtant qu'il a en vûë
les Sçavans ausquels ces Livres sont inconnus, *de certains Livres, dit - il, cu-*
rieux & secrets que le tems a fait périr ou a
fait devenir si rares, qu'ils sont entierement
inconnus; même à la plûpart des gens de
Lettres qui ont le plus d'érudition.

Aprés des termes si precis & si clairs,
il semble qu'on ne doit attendre autre
chose de cet Auteur que l'énumeration
de Livres anciens, rares & inconnus,
qui ne se trouvent plus, & même dont
la plûpart sont perdus; ensorte que tout
Livre qui ne conviendra pas à aucune de
ces classes doit être exclus de son sistême, comme il l'a promis plus d'une fois
dans ses Essais.

Cependant il nous donne pour Livres
anciens les Livres de *Gloria* de Jerôme
Osorio, *les Lettres de Languet*, les *Me-*
moires de Milvil, le Traité *de Retibus Ec-*
clesia de Duranti, Rosvita de *Gestis Otto-*
nis, tous Livres imprimez dans le Siécle dernier, dont quelques-uns même
ont été imprimez en 1688, 1695, & 1698.
Trois ans, six ans, vingt ans si l'on veut,
ont-ils pû rende ces Livres anciens? &
les personnes qui aiment la Litterature
doivent-ils être fort contens que l'on ac-
cuse

ouse d'ignorer jusques à des Livres qui ont été pour ainsi dire imprimez sous leurs yeux ?

Ce qu'il dit des Livres anciens peut tres-bien s'appliquer à ce qu'il dit des Livres rares, étant certain qu'il n'y a point de Livres assez rares pour être, comme il le dit, *entierement inconnus*. Et qu'il ne me vienne pas dire qu'il a été surpris, & qu'il l'avoit crû sur la foi de quelques Memoires : car outre que je l'en avois averti lorsqu'il m'apporta son premier Essai imprimé, le Journal des Sçavans qui le lui a dit assez publiquement, devoit l'obliger à retracter ce qu'il avoit temerairement avancé dans sa premiere Preface ; ou tout au moins l'obliger à s'abstenir de repeter, comme il a fait dans son second Essai, qu'il *ne traite que de Livres anciens qui ne se trouvent plus, ou qui ont été supprimez ; & qui sont devenus par-là extrêmement rares ;* & à supprimer même cet endroit de la Lettre de son prétendu Abbé de Montpellier.

Il dira sans doute que s'il a parlé de quelques Livres modernes, l'on ne peut disconvenir qu'il n'ait parlé de Livres anciens & rares. Suivons-le pié à pié, & voyons si nous trouverons ces Livres anciens & rares.   D

Quand aux Livres anciens, je ne voi pas que l'Auteur ait sujet de faire tant d'éclat: si l'on ne parle que de Livres, qui n'ont été publiez de son propre aveu, que plus de cinquante ans aprés l'invention de l'Imprimerie; & ceux dont il fait mention se réduisent à un si petit nombre, qu'il n'y en a que quatre dans tous ses Essais qui soient imprimez avant la fin du quinziéme Siecle, que l'on a communément en vûë lorsqu'on parle d'anciens Livres.

Mais loin qu'il puisse tirer avantage de ces quatre Livres, il auroit mieux fait de les passer sous-silence. En effet, quel usage pouroit-il faire du Breviaire de Bâle qu'il n'a jamais vû, dont il n'a pû citer aucune Bibliotheque où il se trouve, & dont il n'a aucune connoissance, sinon qu'il y est parlé des onze mille Vierges & de Pantule qui les conduisit à Rome, pendant qu'il traite * ailleurs de *Contes, de Fables & de Romans*, ce qu'il en avoit rapporté. Ce qu'il dit d'*un Messel imprimé en 1483. dans lequel on trouve une Messe pour saint Eusebe*, n'est point une découverte que l'on doive à ses soins, M. de Valois & M. Cousin en avoient parlé avant lui; & M. du Pin a traité ce fait

* P. 177.　P. 398.

avec tant d'étenduë, que l'on a eu raison
de reprocher à l'Auteur des Essais qu'il a
pris ce qu'il en a dit de la Bibliotheque des Auteurs Ecclesiastiques de ce
Docteur. Il n'a pas rencontré plus heureusement sur la Chronique imprimée à
Nuremberg en 1493. parce que ce n'est
point un Livre inconnu ni rare; il a été
remarqué par ceux qui ont écrit sur les
Auteurs Ecclesiastiques & Prophanes,&
ce n'étoit pas la peine de nous en parler
avec de si grands éloges comme d'une
*Chronique des plus anciennes , des plus exac-
tes & des plus amples que nous ayons* : car
outre que cet éloge pompeux est faux, il
paroît bien qu'il n'y a pas trouvé des choses fort considerables , puisqu'il n'a rien
dit de particulier que ce qu'il rapporte de
quelques Cartes Geographiques & de
quelques Portraits, comme celui des
Amazones & de quelques Figures de
l'enfer qui lui ont fait peur & lui ont
inspiré de l'horreur.

Voilà donc tout ce qu'il a allegué
d'impressions faites avant la fin du quinziéme siecle, encore m'a-t'il obligation
de la découverte de l'Epoque du Breviaire de Basle, & des Lettres de Robert Gaguin, dont le premier a été im-

primé l'an 1480. & l'autre *in quarto* à Paris l'an 1498. dont il n'avoit aucune connoiſſance. Il eut bien pû y mettre l'édition des Ouvrages de Platon, parce qu'ils furent imprimez du vivant de Ficin, mais cette Anecdote ne ſe trouvoit pas dans ſes Memoires.

Cependant les termes *d'anciens Livres* ne ſont pas employez au hazard dans ſes Prefaces, & il ne l'a pas repeté, comme ces expreſſions qui échappent & qui coulent pour ainſi dire de la plume ſans que l'on y penſe. Il en avoit beſoin dans le deſſein qu'il avoit formé de s'élever au deſſus de tous les Journaliſtes, par la diſtinction qu'il vouloit que l'on fît de ſon Ouvrage d'avec celuy des autres : Car comme les Auteurs des Journaux font profeſſion de ne parler que de Livres nouveaux, & que l'on peut trouver aiſément, il trouvoit qu'on luy auroit beaucoup d'obligation s'il ne parloit que de Livres anciens, qui par leur antiquité fuſſent devenus extrêmement rares. Où eſt donc l'execution de ce beau deſſein ? car j'ay beau parcourir & feuilleter ſes Eſſais, je trouve que les deux tiers de cet ouvrage ne traitent que de livres qui ont été imprimez ou réimpri-

mez de nos jours , & dont la plufpart
font fi communs qu'on les trouvera prefque par tout. Qu'il vante tant qu'il luy
plaira la rareté de quelques autres pour
avoir été imprimez une feule fois dans le
feiziéme fiecle, ou ce font de miferables
Livres devenus inutiles, parce qu'on en a
fait d'autres du depuis fur les matieres
dont ils traitent, qui ont abforbé & ren-
du inutiles ceux-là , ou ce font des Ouvrages qui ne font propres qu'à quelques
particuliers qui les trouvent par eux-
mêmes ou par leurs amis , & le Catalogue que l'on donnera de ces Livres , fera
affez comprendre que s'ils font rares &
perdus , ce n'eft que pour l'Auteur des
Effais à qui ils font entierement inconnus , & non pas à ceux *qui ont le plus
d'érudition.*

Un autre artifice dont il s'eft fervi en
introduifant ce terme *d'Anciens* , n'a été
employé qu'à deffein d'éluder la demande qu'on auroit pû luy faire, de repre-
fenter les Ouvrages, & par-là fe difpen-
fer d'en donner une notion plus exac-
te & diftincte. On luy avoit reproché
une bevûë affez groffiere , & affurément
qu'il ne l'auroit pas commife s'il avoit

Pref. 3.

vû le Livre dont il parloit , son Abbé
le tire d'affaire le plus heureusement du
monde, en disant, *ils vous font ce repro-*
che avec la même . deur , que si vous étiez
dans l'obligation d'avoir toûjours sous vos
yeux les Livres dont vous parlez, ou dont
vous faites l'extrait , & d'en cotter les
pages : ils devroient se souvenir que vous
ne parlez que des Livres anciens ou fort ra-
res. Mais ne voit-on pas le foible de
cette défaite ? Un livre, quelque rare
qu'il puisse être, lors qu'on l'a à son pou-
voir n'est rare que pour les autres. Un
Ouvrage, quand il n'y en auroit qu'un
seul exemplaire dans le monde, lorsque
je l'ay sous la main , il cesse de l'être
pour moy : j'en sçay la forme, la
grosseur, & toutes les circonstances qui
en font le merite ; j'en puis parler avec
la même exactitude que je ferois d'un
almanach : & quand il y auroit dix mille
exemplaires de cet Ouvrage, tous ces
exemplaires ne m'apprendroient rien au
delà ; qu'il soit rare ou non , un seul
exemplaire me suffit pour m'instruire.

Depuis quelque mois on ne vante
plus tant les Livres anciens & rares.
On a d'abord voulu ébloüir les gens
mediocres , & ils se sont laissez sur-

prendre à ces amuſemens. On leur parle de tout , & ils trouvent de la ſatis-
faction ; tout le monde y trouve ſon
compte. On y trouvera des figures d'oi-
ſeaux de proye pour les Chaſſeurs. L'Hiſtoire *du petit chien* de Louiſe de Savoye
pour les Dames ; des Images & des Portraits pour les enfans : ſur ce pié-là, je
conviens que l'Auteur travaille pour le
Public. Rien de tout cela, ne prouve
que l'Auteur ait lû les Livres dont il
parle, & il y a bien de l'apparence qu'il
a appris de quelque autre ce qu'il en a dit.
Je ne parle point de ſon grand Extrait
de Platon, ni de quelques autres ; on
ſçait qu'il n'eſt pas de ſa façon, que ce
ſont pieces de rapport, qui lui ont été
fournies par des conſiderations particu-
lieres, auſſi bien que l'éloge & le Panegyrique de M. Pontier, qui en toute
maniere eſt tres-mal placé dans un Livre
où on ne devoit parler que de Livres rares & inconnus, M. Pontier étant aſſez
connu par ſon *Cabinet des Grands*.

Et quand je dis qu'il y a bien de l'apparence, je pourrois bien en parler plus
affirmativement, ſi ce qu'il nous dit eſt
vrai. Voici ſes termes dont il faut pe-
ſer & les circonſtances. On lui repro-

cha un jour dans une conversation qu'il ne connoissoit point les Auteurs dont il avoit parlé dans son premier Essai, on luy en donna la preuve sur le champ, & on luy fit remarquer qu'il tomboit dans tous les mêmes défauts qu'il avoit reprochez aux autres, en ce qu'il abandonnoit son sujet, & que ce reproche tomboit sur lui & non sur les Journalistes, qui étoient trés-exacts & qui suivoient leur dessein. Il convint de ces faits ; mais ne pensez pas qu'il manque de raisons pour justifier sa conduite. Nous allons voir comment il se tire d'affaire.

La solitude, dit-il, où je passe une partie de ma vie, l'éloignement du monde où mon âge & mon état me mettent, m'ôtent les commoditez & les secours que les autres ont avec abondance ; mais aussi une lecture continuelle de plusieurs années, des memoires secrets, fideles, & remplis d'un grand nombre de faits anecdotes, qui m'ont été confiez par un des plus rares genies de ce siécle, à la charge de les employer à l'utilité du Public, suppléent en quelque maniere à ce qui me manque d'ailleurs, & font toute ma richesse.

Je veux bien croire que ce qu'il dit là

de sa solitude, est une fiction ; que ce
qu'il dit de ces memoires qui lui ont
été confiez, en est une autre : mais il
est trés-possible qu'il ait rencontré au
hazard quelques méchans extraits san
aucun ordre, & qu'il les ait dirigez à sa
fantaisie. Extraits infidéles, mais de ca-
prices pleins de fausses conjectures qu'il
a regardez comme excellens, manque
des lumieres necessaires, ausquels il a
voulu supléer comme il a pû en copiant
Moreri, Gesner, son grand Auteur la
Croix du Maine, & quelques autres de
cette trempe ; & s'il a copié des Auteurs d'une plus grande importance, ce
n'a été qu'en les deshonorant par le mé-
lange de quantité d'additions de sa tête
qu'il debite comme anecdotes, & prises de memoires secrets. Et si de tels
extraits font toute sa richesse, elle est
assurément trés-mediocre.

J'ai déja remarqué, que l'Auteur
m'avoit fait prier, de ne le nommer
point Plagiaire, parce qu'il a crû que
ce terme étoit trop offençant, & bien
que j'eusse pû mépriser cette delicatesse,
& me servir en examinant son ouvrage
des notions & des termes qui lui conviennent, j'ai crû m'en devoir abstenir,

plus par complaifance que par raifon ,
peut-être qu'il ne fera pas plus content
de celui de Copifte que les Auteurs du
Journal ont employé plufieurs fois en
parlant de fes Effais. *Il tire ce qu'il dit
de quelques Auteurs modernes*, difent-ils,
*qu'il copie en y ajoûtant beaucoup de fautes
de fa façon*, c'eft fans doute ce reproche
qu'il appelle *un Jugement un peu dur*,
fans cependant entreprendre de s'en défendre. L'Abbé de Montpellier a pris
la chofe fur un autre ton. *Les Auteurs
du Journal de Paris*, dit-il, *commencent
leur foudroyant critique contre vôtre Livre,
Monfieur*, *par le même reproche que l'on
fit autrefois à un Auteur celebre que l'on accufoit d'avoir pillé les Centuriateurs de Mag-
debourg*, *& d'en avoir copié les Prefaces ;
vous pourriez vous défendre fur ce grief par
autant de bonnes raifons ou vrai-fembla-
bles*, *que fe défendit autrefois cet Auteur.*
Il ne dit point comment cet Auteur fe
défendit, ainfi on ne fçait point ce qu'il
nie, ou ce qu'il avoüe ; & comme je ne
veux pas l'engager encore une fois, à me
renvoyer à une réponfe qui ne fignifie
rien, j'aime mieux me fervir d'une autre
voye pour lui fermer la bouche, c'eft
celle que Diogene employa , lorfqu'é-

tant un jour entré dans l'Ecole d'un Phi-
lofophe, il oüit qu'il raifonnoit forte-
ment contre la poffibilité du mouve-
ment ; car fans dire mot il caffe tous fes
argumens en fe promenant, pour lui faire
comprendre qu'il raifonnoit inutilement
contre la poffibilité d'une chofe qu'on lui
faifoit voir en effet. Ainfi qu'il foûtien-
ne qu'il n'eft point Copifte, qu'il fe
plaigne tant qu'il lui plaira de ce qu'on
l'en a accufé, qu'il traite de foudroyante,
tant qu'il voudra, la Critique du Journal ; je n'ai autre chofe à faire que de
lui rapporter fon premier Article, &
mettre fur une autre page vis-à-vis les endroits de mot en mot, d'où il l'a emprun-
té ; ainfi il n'eft point befoin de raifonner ;
il ne faut que des yeux pour découvrir
tout d'un coup s'il eft Copifte ou s'il ne
l'eft pas. Et cet expedient en effet a plus
de force feul, que ce que l'on pourroit
dire à un public qui fe laiffe furpren-
dre par des réponfes équivoques, dont
lui & fon Abbé prétendu fe fervent pour
éluder les chofes les plus certaines, ou
pour les obfcurcir : ainfi lorfqu'il a dit
que * *l'on prétend qu'il a tiré tout ce qu'il a
dit de Poftel des Lettres choifies de M. Simon, fe reconnoîtra fans peine.*

* Journal des Sçavans du 11. Août 1701.

TEXTE DE L'AUTEUR
des Essais.

De Virgine Veneta. Circa an. 1552.

»ON aura de la peine à croire qu'un
» homme d'un génie aussi élevé, &
» d'un esprit aussi éclairé quel'étoit l'Au-
» teur de ce Livre, ait pû tomber dans
» une erreur aussi grossiere que celle qui
» y est répanduë. Mais dans quels éga-
» remens ne peut pas tomber un Savant,
» qui, loin de suivre les lumieres de son
» esprit, ne consulte que les sentimens de
» son cœur, & se laisse aller au torrent
» de ses préjugez ? Guillaume Postel
» étoit né avec le plus beau genie, &
» l'esprit le plus propre aux Sciences
» qu'aucun homme de son siecle ; il cul-
» tiva les rares talens qu'il avoit pour les
» Lettres avec tout le succés imaginable;
» il passa pour un des plus grands hom-
» mes du quinziéme & du seiziéme sie-
» cles ; & le Roi François I. qui se con-
» noissoit si bien en gens de merite & de
» doctrine, faisoit un cas particulier de
» lui. Ce grand Prince l'attira à Paris,
» où il enseigna les belles lettresavec ap-
» plaudissement. Mais sa vertu & sa

science

LETTRES CHOISIES

de M. Simon, où l'on trouve un grand nombre de faits anecdotes de Litterature. A Amsterdam, chez Loüis de Lorme, 1700. Lettre XXI. p. 156. in 12. 2. Edition, A Rotterdam, chez Reinier Leers 1702. Lettre XXIII. p. 272. Florimond de Ramond L. 2. de la Naiss. de l'Heresie. C. 15. Dictionnaire Historique de Moreri. Voyez l'article de Postel.

POstel a été l'admiration de la « Cour, & de tout ce qu'il y avoit « de Sçavans dans Paris ; j'ose même « dire, des plus grands Princes de l'Eu-« rope qui ont eu recours à lui dans les « matieres de Litterature. « *M. Simon.*

Le Roi François I. Pere des Let-« tres, qui tendoit les bras aux hom-« mes de sçavoir, fit grand compte de « Postel, lui donna place honorable par-« mi ses Lecteurs, où il est reçû & gagé, « lisant avec admiration & étonne-«

» science reçûrent de grandes atteintes
» dans un voïage qu'il fit à Venise ; &
» c'est ce malheureux voïage qui fit faire
» de si divers jugemens de sa conduite &
» de sa doctrine.

» Postel fit amitié dans cette grande
» Ville avec une vieille fille, qu'on nom-
» moit la Mere Jeanne ; leur liaison fut
» trés-étroite, & si elle ne fut pas cri-
» minelle, au moins avoit-elle toute l'ap-
» parence du crime. C'est au sujet de
» cette fille, qui avoit à la verité un es-
» prit & des talens extraordinaires, qu'il
» tomba dans l'erreur extravagante &
» impie, de soûtenir que la Reparation
» des Femmes n'avoit pas encore été
» achevé, & que cette Venitienne,
» qu'on connut ensuite dans le monde,
» sous le nom de Mere Jeanne, devoit
» achever elle-même ce grand ouvrage.

» Postel ne se contenta pas de répan-
» dre cette erreur dans ses discours &
« dans ses conversations ; il fit encore sur
» ce sujet un Livre qu'il intitula, *de Vir-*
» *gine Veneta*, où il prétendit démon-
» trer ce grand prodige. Cependant
» Florimond de Raymond, ami & par-
» tisan de Postel, entreprit de le justi-
» fier, & assûra qu'il n'avoit eu dessein

ment d'un chacun. « *Ramond l. 2. c. 15.*

Poftel étant à Venife fit amitié avec «
une vieille fille. « *Moreri.*

Et à fon fujet il tomba dans cette er- «
reur groffiere, de foûtenir que la Re- «
paration des Femmes n'avoit pas enco- «
re été achevé, & que cette Venitienne, «
qu'il nommoit la Mere Jeanne dans «
fon Livre intitulé, *Virgo Veneta*, de- «
voit achever elle-même ce grand ou- «
vrage. « *Moreri.*

Florimond de Raymond, qui prend «
en ceci le parti de Poftel, affure qu'il «
n'avoit eu deffein que de loüer cette «

E ij

» que de loüer cette fille, qui lui avoit
» fait de grands biens dans les differens
» voïages qu'il avoit fait, qu'ainsi on ne
» devoit prendre que dans le sens figuré,
» & non dans le propre, les loüanges ex-
» cessives & outrées qu'il lui donne dans
» cet ouvrage. Le sentiment de Flori-
» mond ne prévaudra jamais dans l'es-
» prit de ceux qui auront lû avec quel-
» que attention ce Livre, où l'impieté
» de l'Auteur, bien loin d'être voilée &
» d'être susceptible de quelque bon sens,
» est au contraire trés sensible, & y pa-
» roît trés-formellement expliquée.

» D'ailleurs, la conduite qu'eut ensui-
» te Postel, n'aida pas à justifier celle
» qu'il avoit euë avec cette fille, ni à
» rchabiliter sa doctrine. On lui attri-
» bua d'autres erreurs aussi grossieres que
» celle là. On prétend qu'il avança, que
» l'Ange Raziel lui avoit revelé divers
» Mysteres, & il osa enseigner qu'il n'y
» avoit que six Sacremens, assurant qu'il
» tenoit cette doctrine singuliere de ce
» même Ange. Il fut enfin anathemati-
» zé, mais plusieurs Auteurs ont écrit
» qu'il rentra avant que de mourir dans
» le sein de l'Eglise Romaine. Postel a
» fait beaucoup d'ouvrages ; celui qu'on

les faits abſolument faux , ne faut-il pas
qu'il convienne qu'il n'y a rien de lui
dans cet article , & que ce n'étoit pas
la peine d'en parler ; ſur-tout ſi on con-
ſidere que la Lettre de M. Simon a été
imprimée en 1702, c'eſt-à-dire, à même temps qu'il faiſoit imprimer cet Eſſai, & en 1700. deux ans avant qu'il eut
rien publié.

On a déja dit que l'on ne veut pas
toûjours en uſer ainſi à l'avenir , parce que cela augmenteroit trop le travail ; mais il étoit juſte d'en donner un
exemple. Et quand il lui plaira nous
apprendre comment il pouroit ſe défendre de l'accuſation d'avoir pillé les Auteurs , ſur les avis que lui en donne ſon
ami de Montpellier ; on lui fera voir
tant de difference entre le procedé de celui qui ſe défendit ſur ce grief, & lui ;
que tout ce qu'il pouroit dire , n'empêchera pas qu'on ne remarque, qu'il promet un ouvrage tout nouveau, & que cependant il ne fait que copier ce qu'ont
dit ceux qui l'ont precedé.

C'eſt aſſez parer des Livres imprimez , parce que je dois y revenir , lorſ-
que je traiterai chaque article en particulier. Diſons quelque choſe des Ma-
F iij

Pagination incorrecte — date incorrecte

NF Z 43-120-12

nuſcrits , puis qu'il a crû les devoir faire entrer dans ſon Ouvrage , quoique ce ſoit contre ſon premier deſſein. Et peut-être n'y auroit-il point penſé , n'eût été une faute qu'il avoit commiſe , & qu'il a voulu platrer & recouvrir. Il eſt bon de le faire remarquer.

Son premier Eſſai n'eût pas plûtôt paru , que l'on lui dit qu'il avoit pris pour un Livre imprimé , *Le Journal du Concile de Trente fait en Latin par Dom Barthelemi des Martyrs Archevêque de Brague en Portugal* , cependant qu'il n'avoit jamais été que Manuſcrit. Cette remarque entra naturellement dans le Journal des Sçavans , d'où l'on conclut que *cet Auteur n'en avoit point vû le Manuſcrit , & que tout ce qu'il en avoit dit , étoit tiré de la vie de Dom Barthelemi des Martyrs en François , Livre très-commun* ; c'eſt dont il n'oſa ſe juſtifier, ou alleguer quelque choſe pour s'excuſer. Mais ce qu'il n'oſa pas faire en ſon nom , il le fit ſous celui de certain Abbé de Montpellier , & en termes qui firent aſſez comprendre combien il étoit devenu ſenſible à ce reproche ; & que les coups qu'il avoit reçû dans la chaleur du combat, ne lui avoient pas donné le temps d'y refléchir, c'étoit pourtant attendre trop, de n'y mettre point d'appareil que deux mois aprés la blessure. Ce fut donc le 15. d'Octobre que cet Abbé son ami s'avisa de demander, *qui leur a dit que vous n'avez point vû le Journal du Concile de Trente de Dom Barthelemi des Martyrs ? Ce n'est*, ajoûte t'il, *pas une piece fort rare ; je l'ai vû dans plusieurs Convents de Jacobins ; d'ailleurs vous ne dites point qu'il a été imprimé. Dequoi se fâchent-ils donc ?*

L'on peut lui répondre, qu'on ne se fâche point, & que cette remarque est d'un stile qui ne ressent point du tout l'homme fâché, & qu'on n'avoit pas besoin de colere pour la faire valoir. Ce qu'il demande avec beaucoup de hauteur & de mépris, qui a dit aux Auteurs du Journal, que celui des Essais n'a pas vû le Journal du Concile de Trente, se verifie, de ce qu'il a crû qu'il étoit imprimé, & qu'il ne l'est pas ; & quand il mépriseroit cette raison qui est très-forte, son silence & celui de son Abbé suffisent, puisque le premier n'a osé dire qu'il la vû, & que le second prouve seulement qu'il l'a pû voir.

Mais ce qu'il y a de remarquable, c'est qu'il prouve cette possibilité, par un moyen qui ruine entierement le dessein de l'Auteur des Essais ; car il dit que ce Journal du Concile de Trente, *n'est pas une piece fort rare.* Si cela est, il n'en falloit point parler, puisqu'on avoit promis de ne traiter que de Livres devenus si rares qu'ils sont entierement inconnus.

Ce qu'il ajoûte, *vous ne dites point qu'il a été imprimé*, cela est vrai, mais ayant promis de ne parler que de Livres imprimez, il falloit qu'il crût que celui-ci l'avoit été ; s'il vouloit que l'on en pensa autrement, il étoit de son devoir d'en avertir. Et même si ce silence avoit quelque force, il s'ensuivroit qu'il auroit crû que quantité de Livres dont il parle, & de l'impression desquels il ne fait point de mention, ne l'auroient jamais été.

Mais qu'est-il besoin de chercher une excuse aussi éloignée de la pensée de l'Auteur, qu'est celle-là, puisqu'il a reconnu que son premier dessein n'étoit que de parler de Livres imprimez, & non d'ouvrages manuscrits, & même que ses Lecteurs ne s'attendoient pas

refies dont on l'accufoit, il y fut de- «
claré fou, & non pas Heretique ; ce «
que j'ai lû dans fon Apologie qui fe «
trouve en manufcrit dans la Bibliothe- «
que du Roi. « *M. Simon.*

Il compofa fon Apologie pour ré- «
pondre aux accufations d'un certain «
Matthieu d'Antoine, qu'il foupçonnoit «
être Viret. » *M. Simon.*

Vous n'êtes pas le feul qui l'ait mis «
au nombre des Heretiques. Car fans «
parler des Calviniftes dont il a été toû- «
jours ennemi. Lindanas l'y avoit pla- «
cé avant vous. « *M. Simon.*

Sa principale folie ne paroît pas fort «
éloignée de l'herefie des anciens Gnof- «
tiques, qui regardoient les Apôtres «
commes des gens fimples & fans litte- «
rature. Poftel étoit perfuadé que fa rai- «
fon naturelle étoit beaucoup au deffus «
de celle de tous les autres hommes, «
& que c'étoit par-là qu'il convertiroit «
toutes les nations de la terre à la Foi «
de Jefus-Chrift. Ce fut dans cette «
vûë, que vers l'année 1544. il fe fit «
Jefuite à Rome fous Saint Ignace, «
afin de faire réüffir le deffein qu'il «
avoit d'établir un Ordre de Chevaliers «
de Chrift : car il regardoit les Jefuites «

» deſſein d'établir un Ordre des Cheva-
» liers de Chriſt : car il regardoit les Je-
» ſuites comme autant de Chevaliers de
» de ſon nouvel Ordre. Cependant cet
» homme, ſe croïoit ſi ſuperieur à tout le
» genre humain par la raiſon naturelle,
» trouva à Verone, la None dont nous
» avons parlé, qui l'avoit encore plus
» parfaite que lui. Cette Mere Jeanne,
» ſi fameuſe par le Livre de *Virgine Vene-*
» *ta,* qu'il compoſa ſur ſon chapitre,
» lui renverſa la cervelle. C'eſt de la
» même dont il parle dans un petit Ecrit
» dedié à Madame Marguerite de Fran-
» ce, qui a pour Titre, *Les très-mer-*
» *veilleuſes Victoires des Femmes du nou-*
» *veau Monde, & comment elles doivent*
» *à tout le monde par raiſon commander,*
» *& même à ceux qui auront la Monarchie*
» *du monde vieil.* Il le fit imprimer à Paris
» en 1553. Ce petit ouvrage qui étoit
» proprement l'Apologie, & un Com-
» mentaire du premier, fut receu avec
» beaucoup d'empreſſement dans cette
» grande Ville, où il avoit beaucoup de
» Partiſans & d'Admirateurs. Quand à
» lui, il dit enſuite, *Que Jeſus-Chriſt*
» *l'avoit conſtitué comme ſon Fils aîné, à*
» *faire connoître par tout le monde cette nou-*

comme autant de Chevaliers de son «
nouvel Ordre ; & il est surprenant «
que S. Ignace ait gardé cet extravagant »
pendant un temps considerable dans sa «
Société. Cet homme qui se vantoit »
d'être au dessus de tout le genre hu- «
main, pour ce qui étoit de la raison «
naturelle, trouva cependant à Verone »
une None, qui l'avoit encore plus par- «
fait que lui. C'est cette Mere Jeanne, «
si fameuse par le Livre qu'il a compo- «
sé, *de Virgine Veneta.* C'est d'elle dont «
il parle dans un petit Ecrit dedié à «
Madame Marguerite de France. Ce «
petit Ecrit a pour titre, *Les très-mer-* «
veilleuses Victoires des Femmes du nouveau «
Monde, & comment elles doivent à tout le «
monde par raison commander, & même à «
ceux qui auront la Monarchie du monde «
vieil. Il le fit imprimer en 1553. à Paris, «
où il avoit un grand nombre d'Admi- «
rateurs. » *Simon.*

Il ajoûte, *Que Jesus-Christ l'avoit* «
constitué comme son Fils aîné, à faire «
connoître par tout le monde cette nouveau- «

» *veritè, qui est de toute l'Ecriture la plus*
» *nouvelle, & par ce est faite sur la terre*
» *des terres ladite nouveauté de vie.* Dans
» l'Apologie qu'il fit pour se justifier des
» erreurs dont l'accusoit Matthieu d'An-
» toine, on juge que celui-ci lui avoit re-
» proché d'avoir avancé, que Jesus-
» Christ étoit Hermaphrodite. On voit
» enfin parmi ses autres œuvres manuf-
» crites, conservez précieusement dans
» la Bibliotheque du Roy, sa Retracta-
» tion écrite de sa main; il y proteste,
» *qu'il ne veut point avoir d'autre creance,*
» *que celle de l'Eglise en verité Catholique*
» *& Apostolique.* Mais dans cette Re-
» tractation-même que j'ai lûë toute en-
» tiere, j'ose assurer, aprés plusieurs
» doctes Personnages, qu'il y avance
» des faits tout-à-fait contraires à la ve-
» ritable Theologie. Il fut accusé à Ge-
» néve, d'avoir favorisé la doctrine de
» Servet. Mais en verité il vaudroit
» beaucoup mieux, qu'il passât condam-
» nation sur ce point particulier, que
» d'avancer, pour se justifier, d'aussi
» étranges réveries, que celles qu'il pro-
» pose pour moyens de justification. Les
» differens qu'il eut avec Lindanus fi-
» rent du bruit; celui-ci l'accusa d'avoir

fait

té , qui est de toute l'Ecriture la plus nou- «
velle , & par ce est faite sur la terre des «
terres ladite nouveauté de vie. « Postel dans
M. Simon.

Matthieu l'ayant accusé d'avoir fait «
Jesus-Christ Hermaphrodite , il lui «
répond que c'est une grande menterie. «
M. Simon.

Il est vrai qu'on trouve dans la Bi- «
bliotheque du Roi sa retractation que «
je crois écrite de sa main. Il proteste «
qu'il ne veut point avoir d'autre creance , «
que celle de l'Eglise en verité Catholique «
& Apostolique. « *M. Simon.*

Ceux de Geneve qui étoient ses plus «
grands ennemis , l'accuserent d'être «
favorable au parti de Servet. « *M. S.*

Mais au lieu de se justifier , il ne fait «
que donner de nouvelles couleurs à ses «
visions. « *M. Simon.*

Il reproche à Lindanus de l'avoir ac- «
cusé faussement de plusieurs erreurs, «

I. Partie. F

» fait éternelle l'ame de Jesus - Christ.
» L'Empereur Ferdinand le considera
» toûjours beaucoup, n'étant encore que
» Roi des Romains, il le manda à Vien-
» ne, de Venise où il étoit, pour réta-
» blir son Université, qui avoit été dé-
» truite par les Turcs ; il lui fit une pen-
» sion de deux cens écus pour l'engager
» à ce soin, & à celui de travailler à la
» nouvelle édition du Nouveau Testa-
» ment Syriaque, à laquelle on songeoit.
» Postel avoit enseigné avec beaucoup de
» succés les Mathematiques au College
» de Maître-Gervais en 1563. On dit
» que sa naissance fut annoncée par des
» signes surprenans, & qu'une vieille
» femme qui assistoit à la ceremonie de
» son Baptême, prédit une partie des
» évenemens & des troubles qu'il causa
» en France & en Italie, par la singula-
» rité de sa doctrine.

& entre autres d'avoir fait éternelle «
l'ame de Jesus-Christ. « *M. Simon.*

L'Empereur Ferdinand, qui n'étoit «
alors que Roi des Romains, le fit venir «
de Venise à Vienne, pour y rétablir «
son Université, qui avoit été détruite «
par les guerres contre les Turcs, & il «
lui donna deux cens écus de pension, «
tant pour cela que pour travailler à la «
nouvelle édition du Nouveau Testa- «
ment Syriaque, à laquelle on songeoit. «
M. Simon.

Il écrivit une Lettre au Sçavant Ma- »
sius écrite en 1563. du Collège de Ger- «
vais, où il enseignoit les Mathemati- «
ques. « *M. Simon.*

Il étoit Grand Mathematicien. «
Moreri.

Aprés cette confrontation du texte
entier de l'Auteur avec les passages d'où
il les a tirez, je ne croi pas qu'il
puisse desavoüer qu'il a pillé la Lettre
XXI. ou XXIII. de M. Simon, &
quelques endroits de Moreri, en y
ajoûtant quelques gloses de sa façon, outres les suppositions de fait,
que l'on convient lui appartenir, telle
est la petite Episode de Roman sur les

fignes furprenans, qui furent vûs à la
naiffance de Poftel, on nous donne une
vieille femme pour caution ; mais il eut
mieux fait de nous ôter de la penfée,
que c'eft l'imagination d'un jeune homme, qui fuppofe un évenement de deux
cens vingt-cinq ans. Nous aurons lieu de
parler de l'injuftice qu'il fait à Poftel &
à cette Jeanne, c'eft-à-dire, à un Prêtre
& une Religieufe qu'il accufe d'un commerce criminel fans aucune preuve de
fait. C'eft donc encore douze lignes à
fouftraire, qui n'ont point d'autre fondement que l'envie de! décrier cet homme, dont la vie auftere a même été
loüée par fes ennemis, quoiqu'avec des
termes fort injurieux, un Auteur en
peut être crû, puifqu'il écrivoit en 1557.
il en parle comme d'un homme que l'on
prenoit pour un Saint, à caufe de fes
jeûnes, fes predications, qui perfua-
doient le monde de la fidelité de fes fentimens ; s'il avoit des erreurs, il ne s'en-
fuit pas qu'il ne pût être d'une vie inte-
gre. Mais qu'eft-il befoin d'entreprendre de le juftifier fur fa Morale, puifqu'il n'a d'accufateurs qu'un homme qui
en parle 150. ans aprés coup ? Si nous
rétranchons encore fes fauffes glofes &

fille , qui lui avoit fait de grands biens «
durant ses voyages. « *Moreri.*

Cette erreur n'est pourtant pas la «
seule qu'il a soûtenuë, on lui en at-«
tribuë d'autres aussi grossieres qui «
l'ont fait mettre au nombre des He-«
retiques ; comme, que l'Ange Raziel «
lui a declaré divers Mysteres, qu'il »
n'y a que six Sacremens , &c. On dit «
qu'il mourut dans l'Eglise Catholique. «
Moreri.

Il écrivit divers Ouvrages en Fran-«
ce, en Allemagne & en Italie ; celui , «

» eſtime le plus , & qui eſt, ſans contre-
» dit, le meilleur de tous , eſt, *De orbis*
» *concordia*. Orlandin aſſure, que Poſtel
» a été Jeſuite, que s'étant preſenté à
» Saint Ignace , il le receut au nombre
» des Novices; mais que ce Saint l'ayant
» connu dans la ſuite plus particuliere-
» ment, & ayant jugé des égaremens où
» il pourroit tomber par les ſaillies de
» ſon eſprit impetueux, il le chaſſa, &
» interdit abſolument ſon commerce à
» ſes Religieux. Quoiqu'il en ſoit, cet
» homme extraordinaire mourut au Mo-
» naſtere de Saint Martin des Champs
» le 6. Septembre 1581. preſque cente-
» naire, cette longue vie n'ayant jamais
» été troublée d'aucune maladie. Il étoit
» né dans le Dioceſe d'Avranches , l'an
» 1477. Son Apologie manuſcrite , qui
» eſt conſervée dans la Bibliotheque du
» Roi, avec quelques autres de ſes ou-
» vrages auſſi manuſcrits, nous informe
» des erreurs dont on l'accuſa, & des
» diſgraces qu'il eſſuïa. Il nous y ap-
» prend, qu'il fut renfermé dans les pri-
» ſons de l'Inquiſition par la fureur de
» ſes ennemis, mais qu'à Veniſe il pré-
» vint leurs mauvais deſſeins, en ſe con-
» finant lui même dans une étroite pri-

De orbis concordia, eſt le plus utile & «
le plus eſtimé. Nous en avons divers «
autres de ſa façon. Mais il ne faut pas «
oublier ce que Nicolas Orlandin rap- «
porte au ſujet de Poſtel dans l'hiſtoire «
de la Compagnie de Jeſus, que s'étant «
preſenté à S. Ignace, il le reccut No- «
vice ; & que depuis ce Saint l'ayant «
connu plus particulierement, le ren- «
voya, & défendit à ſes Religieux de le «
frequenter. « *Moreri.*

Il eſt mort dans le Monaſtere de «
S. Martin des Champs. *M. Simon.* le «
6. ou 7. Septembre de l'an 1581. âgé «
de prés de cent ans ; & n'ayant été «
jamais malade. « *Moreri.*

Poſtel naquit vers l'an 1477. dans la «
Paroiſſe de Barenton au Dioceſe d'A- «
vranche en Normandie. « *Moreri.*

Il a été enfermé dans les priſons de «
l'Inquiſition comme un Heretique à «
brûler ; mais aprés tout, les Inquiſi- «
teurs de Veniſe lui rendirent plus de «
juſtice : Car s'étant conſtitué lui-mê- «
me priſonnier pour ſe juſtifier des he- «

» fon du Saint Office , pour fe juftifier
» des erreurs dont on l'accufoit : & bien
» des gens veulent que les Inquifiteurs de
» Venife lui rendirent plus de juftice que
» les autres , en le declarant fou , & non
» pas Heretique. Poftel écrivit cette
» Apologie , pour répondre à tout ce que
» lui objectoit un certain Mathieu d'An-
» toine , que plufieurs ont crû être Viret
» caché fous ce nom. Ce qu'il y a de fûr,
» c'eft que Poftel étoit ennemi declaré
» des Calviniftes , quoiqu'on l'ait mis
» au nombre des Heretiques. Sa princi-
» pale erreur ne paroît pas fort éloignée
» de celles des anciens Gnoftiques , qui
» regardoient les Apôtres comme des
» gens groffiers & fans érudition. Poftel
» croyoit avoir une raifon naturelle,
» beaucoup fuperieure à celle des autres
» hommes , & il efperoit par-là conver-
» tir toutes les nations de la terre, & les
» raffembler fous la Foi de Jefus-Chrift,
» Son deffein étoit *de reduire tout l'Uni-*
» *vers au vrai ufage de la raifon* ; & on
» croit que c'eft dans cette vûë qu'il avoit
» embraffé l'Inftitut des Jefuites en 1544.
» charmé qu'il fut de la douceur & de
» la bonté qu'eut d'abord pour lui S.
» Ignace. Il avoit , dit-on , le deffein

qui'l dût parler d'autres que de ceux-là;
voici comme il s'en est expliqué dans
l'avrtissement qu'il a mis à la tête de son
second Essai.

*La connoissance des Manuscrits, dit-il,
entre naturellement dans le plan de mon
ouvrage, puisqu'ils ont toûjours tenu le premier lieu dans les plus fameuses Bibliotheques : ainsi je ne crains pas qu'on me reproche de sortir des bornes que je me suis pres-
crites en donnant la note de deux Manuscrits aussi excellens que ceux de deux illustres Prelats, dont je parle dans ce second
Essai.*

Ces deux illustres Prelats, dont il
parle, sont Jean de Cardailhac, qui
aprés avoir obtenu plusieurs Prelatures,
fut enfin Administrateur de l'Archevê-
ché de Tolose, & Bertrand de la Tour,
qui fut fait Cardinal & Evêque de Fres-
cati. Mais les Sermons du premier ne
sont point une découverte de l'Auteur
des Essais. Puisque M. de Catel dans
ses Memoires du Languedoc imprimez
l'an 1633. page. 914. dit : J'ai appris «
d'un grand Volume en parchemin «
écrit à la main, que Monsieur Vilete, «
Chanoine en l'Eglise S. Sernin de To- «
lose, homme docte & curieux m'a «

„ fait voir, dans lequel font les Ser-
„ mons qui ont été faits par ce Prelat,
„ tant en la Ville de Rome devant le
„ S. Pere, qu'en Efpagne, Tolofe &
„ autres lieux. Ce tome de Sermons
„ témoigne qu'il étoit un grand & docte
„ Archevêque; car il contient les Ser-
„ mons par lui faits, tant fur les Di-
„ manches des Advents & Carême, que
„ des autres Fêtes qui fe rencontrent en
„ l'année, & quelques-uns faits devant
„ l'Univerfité de Tolofe. L'on voit auffi
„ dans ce Livre des Predications Syno-
„ dales pour les Archevêques, lorfqu'ils
„ affemblent leur Synode : comme auffi
„ des Sermons pour être prononcez,
„ lorfqu'on facre un Evêque, Arche-
„ vêque ou Patriarche. Il y en a auffi
„ pour les Evêques, lorfqu'ils font leurs
„ vifites, & donnent les Saints Ordres,
„ enfemble pour dire le jour du Cou-
„ ronnement d'un Roi ou d'une Reine,
„ & pour plufieurs divers autres fujets.
ᵃ Le Pere Labbe témoigne l'an 1653. qu'il
y avoit un Manufcrit dans la Bibliotheque de M. de Monchal Archevêque de
Tolofe, qui contenoit les Sermons de ce
Prelat; Meffieurs de Sainte-Marthe en

ᵃ Nova Bibl. M. S. S. p. 190.

ont aussi fait mention. [a] Et M. Baluze de qui nôtre Auteur tient ce qu'il en dit, a rapporté plusieurs extraits de ces Sermons dans la vie des Papes seant à Avignon. Ainsi ce ne sont point les Essais de l'Auteur, qui nous découvrent ces Ouvrages secrets.

Il n'est pas aussi le premier qui nous ait appris que de la Tour avoit écrit des Sermons, puisque Jacques Philippes de Bergame dés l'an 1486. avoit dit, parlant de ce Cardinal, [b] *Super Evangelia ac super Epistolas, quæ per anni circulum leguntur sermones & collationes temporibus convenientes edidit perutiles.* [c] Jean Tritheme qui écrivoit l'an 1494. ne dit-il pas qu'il avoit écrit. *Sermones de Epistolis, Sermones Evangeliorum, Sermones de Sanctis, &c.* [d] Raphael Volaterran, qui écrivoit au commencement du siecle suivant, n'a-t'il pas dit, *Sermones quadragesimales composuit.* [e] Et S. Anthonin Archevêque de Florence, mort l'an 1459. & par conséquent plus ancien que ceux-ci, n'a-t'il pas dit, *Multùm egregiè scrip-*

[a] T. 1. Gallia Chris. p. 1697.
[b] Suppl. Chronic. ad an. 1313.
[c] De Script. Ecclesiast.
[d] L. 21. Commentar.
[e] Hist. p. 3. Tit. 24. C. 8. Sect. 2.

fit super omnes Epiſtolas Dominicales per to-
tum annum. At etiam super Prophetias seu
Lectiones, quæ dicuntur in Ecclesia loco Epi-
ſtola multùm copiosè & scientificè eas expo-
nens : & in qualibet Epiſtola & Prophetia
componens prædicationes & collationes. Idem
dicitur expoſuiſſe omnia Evangelia domini-
calia & quadrageſimalia cum additione
Sermonum prædicadilium. Je laiſſe à part
quantité d'Auteurs qui en ont écrit depuis ce temps, ou en copiant ceux qui les
avoient précedez, ou ſur la connoiſſance particuliere qu'ils en avoient. Mais
il demeure pour conſtant qu'il y a deux
cens ans, & même deux cens cinquante
ans que l'on n'ignoroit pas que Bertrand
de la Tour avoit compoſé des Sermons,
ſans qu'il fut beſoin que l'Auteur vint
nous l'apppendre.

S'il dit qu'il eſt le premier qui nous *a*
donné la notte des Manuſcrits de ces mêmes
Sermons, en nous avertiſſant que *Mon-*
ſieur le Cardinal de Boüillon en a quelques-
uns dans ſa Bibliotheque, & que Meſſieurs
de Sorbonne ont la meilleure partie dans la
leur. Il ſe mocque de nous, puiſqu'il
ne la dit qu'en copiant M. du Pin, dont
voici les Termes. *ª Il a compoſé pluſieurs*
Sermons

____

ª *Siecle* 14. p. 237.

*Sermons , que l'on trouve dans diverses Bi-
bliotheques. Il y en a deux Volumes dans la
Bibliotheque de Monsieur le Cardinal de
Boüillon , & trois dans celle de Sorbonne.*
Mais avant lui , Monsieur Baluse l'avoit
déja dit dans ses Nottes a sur l'Histoire
des Papes seants à Avignon ; & quant
l'Auteur des Essais seroit le premier qui
auroit parlé de ces MSS. de France,
il n'auroit pas l'honneur de nous avoir
entierement instruits de tout ce qui s'en
trouve , puisqu'il y en a un dans la Bibliotheque des Augustins de Bordeaux
que j'y ai vû autrefois. Il y en a encore
dans le Convent des Cordeliers de Tolose ; il y en a à Bruges , au rapport de Bunderus, p. 84. & s'il veut passer en Espagne , il en trouvera dans la
Bibliotheque de S, Jean de Toledo *lit.
T. num.* 49. b & le Pere Vvaddingue
nous apprend qu'il y en a au Vatican ;
de sorte que l'Auteur des Essais qui
souhaite que l'on imprime ces Sermons,
& que *l'on prenne soin d'en donner une
bonne édition au public ,* auroit dû se char-
ger du soin de rechercher tous ces Manuscrits,& de les indiquer. Mais comment auroit-il sçû qu'il y a des Manus-

T. 2. col. 1332. b Bibl. O. Minor. p. 60.

G

crits en Espagne, en Italie, en Flandre, dans le Languedoc, dans la Guyenne, & possible ailleurs, lui qui ignore que les Sermons de ce Bertrand se trouvent imprimez dans plusieurs Bibliotheques de Paris en 5. Volumes in 4°. qui montent à 2330. pages. Et afin qu'il ne doute pas de l'existence de ces Sermons, on les fera voir à qui il lui plaira. En voici en attendant le Catalogue.

Sermones Bertrandi de tempore & de Sanctis. Unà cum Quadragesimali Epistolari. Incipit registrum super Sermones Reverendi Patris & Domini Bertrandi de Cura Episcopi Tusculani & Sacræ Sanctæ Romanæ Ecclesiæ Cardinalis.

Quadragesimale Epistolare Domini Bertrandi Cardinalis devoti & Magistri in Theologia famosi Ordinis Fratrum Minorum. Impressum Argentinæ anno Domini M. D. I. finitum feria quarta ante Galli.

Sermones de tempore, pars Æstivalis, Reverendi Patris & Domini Domini Bertrandi Cardinalis. Impressi Argentinæ anno Domini 1501. nona die mensis Maii.

Incipiunt Sermones postillares Epistolarum de Sanctis, Reverendi Patris & Domini Domini Bertrandi de Cura Episcopi Tus-

*culani, & Sacro-Sanctæ Romanæ Eccle-
siæ Cardinalis... Finiunt Sermones postillares Epistolarum de Sanctis, Reverendi Patris & D. D. Bertrandi de Cura
Episcopi Tusculani & Sacro-Sanctæ Romanæ Ecclesiæ Cardinalis. Impressi Argentinæ anno Domini M. D. II. fini-
ti Sabbato post festum Conversionis san-
cti Pauli Apostoli.*

Et parce qu'entre ces Sermons on
n'avoit point imprimé l'Advent, le voici
d'une autre impression.

*Splendidissimum opus Sermonum ac luculen-
tissimæ explanationis Epistolarum totius
Dominici Adventus, nunc primùm im-
pressorio caractere in lucem editum. Reve-
rendissimi in Christo Patri Domini Domini Bertrandi de Turre Cardinalis &
Præsulis Tusculani, &c. In ædibus En-
gleberti, & Joannis Marnefi 1521.
A Paris.*

Il a fait une pareille bevuë sur les Memoires de Loüise de Savoye Mere de
François I. Il a crû que cet Ouvrage
n'avoit jamais été imprimé, cependant
qu'il avoit été publié plus de quarante
ans avant qu'il en parlât. Je n'ignore
pas qu'il a voulu parer à ce reproche,
ayant appris que j'avois fait cette re-

marque. Il eſt juſte de rapporter ce qu'il a dit ſur le fait, & de l'entendre dans ſes défenſes, parce qu'elles ſont d'un caractere ſi rare & ſingulier qu'on auroit de la peine à trouver un exemple ſemblable, & j'avoüe que je n'en connois point.

Voici le titre de l'article de ſon Journal du 15. Novembre dernier, page 5.

Memoires MSS. de Loüiſe de Savoye Duchèſſe d'Angoulème depuis le commencement du Regne de Louis XII. juſqu'à l'année 1520. ou 1522. L'on voit de-là qu'il a crû que ces Memoires n'étoient que Manuſcrits, puiſqu'il ne marque pas qu'ils avoient été imprimez. Mais le texte même de l'article ne laiſſe aucune difficulté. *C'eſt une perte, dit-il, pour les Curieux que l'on ne donne pas au Public ces Memoires ; l'exactitude avec laquelle ils ſont écrits, les circonſtances dont ils ſont remplis, & les faits particuliers qu'ils contiennent, & qu'on ne trouve pas ailleurs, en font ſouhaiter avec ardeur la publication.*

Il ne nomme point ces Curieux qui forment des ſouhaits ardens pour cette publication, & je croi qu'il n'y en peut

guéres avoir d'autres que ceux à qui il a
fait entendre que ces Memoires n'avoient
jamais été imprimez. Mais il est difficile
de s'imaginer que des gens tels que ceux
que l'on entend ordinairement par le terme de Curieux, soient capables de sou-
haiter que l'on publie de nouveau un
Ouvrage qu'ils peuvent lire dans toutes
les grandes Bibliotheques, ou qui au
moins y trouvent des gens qui sçavent
bien celles où il est. Desorte que comme il est le seul à present qui souhaite
avec ardeur cette publication, il lui é-
toit aisé de se satisfaire ou à cette espece de
Curieux, dont il parle, en faisant imprimer ces Memoires dans un de ses Essais.
Ce petit Ouvrage qui n'y eut occupé au
plus qu'une feüille & demie d'impression, y eut peut-être été mieux placé que
les grands extraits de *Platon*, de *Grotius*,
de *Gilles de Rome*, & de quelques autres,
y en ayant entre ceux-là de trois & quatre feüilles. Et ceux qui liront la plus
part de ceux que je designe, reconnoî-
tront sans peine que je ne fais pas cette
observation sans sujet.

Mais au fond, quelle utilité les Curieux pourroient ils tirer de cette publication étant déja, comme j'ai dit, im-
G iij

primez , puis qu'on peut les lire dans le deuziéme Tome de l'Histoire de Savoye de Samuel Guichenon depuis la page 457. jusques à celle de 464. des preuves de son Histoire avec ce titre.

Journal de Louise de Savoye, Duchesse d'Angoulème, d'Anjou & de Valois, Mere du Grand Roi François I. tiré de l'Original qui est entre les mains de Monsieur Hardi, Conseiller du Roy en son Châtelet de Paris, & qui m'a été communiqué par les soins du R. Pere Hilarion de Coste, Religieux Minime du Convent de la Place Royale à Paris.

C'est à la vûë de cette piece que j'ai eu raison de faire remarquer dés le mois de Novembre dernier que l'Auteur des Essais connoissoit peu les Livres imprimez ; celui de Guichenon l'ayant été dés 1660. & l'observation que je fis dés lors, où j'en joignis encore d'autres , ayant été mise dans les Memoires de Trevoux, qui ont paru sous la datte de Février , l'a tellement touché qu'il a crû devoir se justifier de la maniere la plus adroite qu'il a pû , mais par de certains termes qui découvrent à même temps , qu'il n'écrit qu'en homme accusé , & non en Historien qui se propose de parler d'un fait independamment de ceux qui le connoissent.

a *On trouve à la verité , dit-il , dans le deuxiéme Tome de l'Histoire de la Maison de Savoye , faite par Guichenon , depuis la page 457. (si je ne me trompe) jusques à la page 464. le Journal de Louise de Savoye , Duchesse d'Angoulême , qui commence en Janvier & finit en Decembre , il contient jour par jour tout ce qui s'est passé de plus singulier.* Il est imprimé dans ce corps d'Ouvrage , il est vrai. Ainsi il est vrai que cet Ouvrage est imprimé , & qu'il se trouve à la verité dans l'Histoire de Guichenon ; & il est encore vrai que l'Auteur des Essais avoit voulu faire croire à ses Lecteurs qu'il ne l'avoit jamais été , & que les Curieux souhaitoient avec ardeur que l'on l'imprimât.

Voici cependant ce qui ne me paroît pas également vrai , & qui a toute l'apparence d'une fausseté. *Mais outre , dit-il , qu'il y a quelque difference de cette Copie à l'Original que j'en ai vû , c'est qu'un Ouvrage n'est pas censé imprimé , ne l'étant que dans un autre , qui n'est pas à la portée de tout le monde.* Premiérement il ne s'agit point de tout le monde , pris distributivement pour tous les particuliers qui le composent , on lui avoüe que l'Histoire

<hr>

a Essai 15. Février 1703. p. 150.

de Guichenon n'eſt point de la portée
d'une infinité de gens, qui ne la ſçau-
roient pas même lire ; qu'il y a quantité
d'hommes qui ne l'ont point lûë, & qui
ne la liront jamais, quand on en feroit
cinq cens impreſſions, & qu'il y en auroit dix millions d'exemplaires. Il s'agit
de ſçavoir préciſement ſi les Curieux
perdent quelque choſe de ce que ce Journal n'eſt imprimé que dans l'Ouvrage de
Guichenon. La maxime qu'il avance
*qu'un Ouvrage n'eſt pas cenſé imprimé, ne
l'étant que dans un autre*, eſt inſoûtena-
nable, & choque tellement le bon ſens,
qu'il eſt étonnant qu'un homme tel que
lui, ne rougiſſe point de l'avoir avancée. Ainſi, quand il lui plaira, il dira
que l'Ouvrage de *Roſwite* dont il a parlé dans ſon premier Eſſai, n'eſt pas cenſé
imprimé, parce qu'il l'eſt dans une com-
pilation ; qu'une infinité d'opuſcules qui
ſe trouvent dans les *Orthodoxes* de Bâle,
dans les Bibliotheques des Peres, les
Caniſius, les *Analectes*, les *Spicileges*,
les *Miſcellanées*, le *Tractatus tractatuum*,
Goldaſt, & dans une infinité de recueils
cenſez imprimez. Cela me paſſe, & choque même un avis qu'il donne ſur le Fa-
ctum de M. Joli Grand Chantre de Pa-

ris, lorſqu'il dit *qu'il ſeroit à ſouhaiter que
quelque Sçavant homme entreprit de faire un
Recüeil de pieces fugitives* ; Car l'Auteur
ne s'apperçoit pas qu'il ne faut qu'un
étourdi qui viendra lui dire qu'*un Ouvrage n'eſt pas cenſé imprimé , ne l'étant
que dans un autre* , & ruinera par-là ce
projet ſi utile ; Comment , croit-il
qu'*une édition particuliere* des Memoires
de Loüiſe de Savoye pût ſubſiſter long-
temps ſans être jointe à quelque corps
d'Ouvrage, n'y pouvant tenir que la
valeur dela moitié d'un de ſes Eſſais, pendant qu'il juge qu'un Ouvrage de 124.
pages *in quarto* ne peut ſubſiſter ſans l'ap•
pui d'un autre; & au fond on auroit de la
peine à le contenter: car ſi un petit Ouvrage eſt imprimé ſeul, il ſouhaitera qu'il ſoit
mis dans un Recüeil , & s'il ſe trouve
dans ce Recüeil , il demandera que l'on
l'imprime à part.

Il ajoûte qu'il a vû l'Original, &
que l'impreſſion qu'en a donnée Guichenon, eſt differente: mais on le défie de
le produire, ou d'en donner des aſſû-
rances certaines ; car Guichenon aſſûre
que ce qu'il a imprimé, eſt pris de l'Original. Et quant à ſes differences, il y a
bien de l'apparence que c'eſt une défaite

inventée aprés coup, & dont on lui en
donnera des raisons si fortes, qu'il y a
lieu d'esperer que les Lecteurs les pren-
dront pour des preuves convainquantes.

Mais n'est-il pas plaisant de dire que
ce qui nous doit rendre la perte de ce pe-
tit Ouvrage plus sensible, est la fideli-
té des Epoques sur lesquelles cette Prin-
cesse redresse presque tous les Auteurs
qui ont écrits sur les Régnes de Loüis
XII. & de François I. Car comment
veut-il nous porter à regretter la perte
de ces Memoires, à moins qu'il ne nous
oblige à même temps à blâmer sa conduite de n'en avoir pas retenu une copie
pendant qu'il l'avoit sous les mains, puis
qu'il assûre *les avoir vûs*; car qui l'en a empêché, & étoit il temps de venir nous en
entretenir, puisque selon lui c'étoit une
perte irrecouvrable. Et pour nous engager à en soûpirer avec lui, en voici, dit-
il, quelques exemples : *La bataille d'Ag-*
nadel donnée par Louis XII. n'a pas eu
jusques à present une datte assûrée; puis-
que les Historiens l'avancent ou la reculent
à leur gré de dix jours; & ils n'ont pas
jusques à present fixé leur incertitude sur
ce grand evenement que cette Princesse dé-
mêle parfaitement bien, dont elle donne une
Epoque sûre.

Il falloit donc dire qu'elle est cette Epoque sûre, en marquer l'année, le mois, le jour. Car que nous sert qu'il en ait fait mention, sans cela les Historiens demeureront toûjours dans l'erreur & dans l'incertitude, au lieu que s'ils l'avoit fixée, on auroit tâché de s'en accommoder. Mais je crains bien fort cependant qu'il ne se trompe sur ce fait un peu plus grossierement que je ne voudrois.

Premiérement tous les Ecrivains qui parlent avec précision de cette bataille, rapportent cet évenement sous l'année 1509. au mois de Mai, tous excepté de Serres qui l'a mise le 15. Nicolle Gilles Historiographe de France le 18. & le continuateur de J. Philippe de Bergame le 20. le placent le 14. c'est ce que l'on peut voir dans Dupleix, Mezerai; & pour ne citer que les plus anciens, *a* Belleforest dit, *c'est donc cette journée de Ghieradadde advenuë le quatorziéme de Mai l'an de grace mil cinq cens neuf.* *b* Jean de Saint Gelais, Contemporain de Louis XII. *Le Roi,* dit-il, *gagna cette Bataille le quatorziéme jour de Mai l'an*

a L. 6. C. 16.
b Hist. p. 215.

mil cinq cens neuf. Claude de Seyffel, qui y étoit preſent, & en écrivit la Relation, mit à la tête pour titre, a *L'excellence de la Victoire qu'eût Loüis XII. contre les Venitiens, au lieu appellé Aignadel, près la Ville de Caravas, en la Contrée de Giradade, au pays de Lombardie, l'an de grace 1509. le 14. jour de Mai.* Et dans le Texte même, *Si vint le ſeixieſme jour après qu'il avoit paſſé la riviere, qui fut un Samedi, douzième du mois de Mai, aſſieger la Ville de Rivolte que les ennemis avoient garnie, laquelle il preint tout incontinent d'aſſaut. Et là ne ſejourna forts le Dimanche enſuivant pour l'honneur de la Feſte. Et le Lundi ſe partit bien matin pour aller prendre un logis, en un Village que l'on nomme Aignadel, qui étoit plus avantageux pour tenir ſes gens en ſûreté.... Car la Bataille fut le quatorzième jour de May, qui étoit le ſixième jour après que le Roy fut arrivé au Camp. Et par ainſi dura la guerre entre les deux armées que cinq jours entiers.* Ainſi je ne voi point comment il a pû dire que les uns placent cette bataille dix jours plûtôt ou plus tard, ce qui tomberoit au 4. de Mai ou au 24. du même mois.

Il

<hr>

a Vie de Loüis XII. p. 241.

Il est vrai que les termes de cette Princesse combattent cette Epoque, non de dix jours, mais d'un mois tout entier, puisqu'elle dit, *le Lundi 14. d'Avril furent défaits les Venitiens par le Roi Louis XII. à Agnadel ; & fut donnée la bataille avant midi.* Mais si on fait attention sur ce texte dont elle ne marque pas l'année, il faut de necessité qu'elle ou son Secretaire se soit trompé, parce qu'étant incontestable que cette bataille a pour Epoque l'an 1409. le 14. d'Avril de cette année-là tomboit au Samedi & non pas au Lundi ; de sorte que si on veut preferer ce texte à celui des Auteurs que j'ai cités, il faudra rapporter cette bataille à l'an 1505. ou 1511. ce qui est insoutenable.

Il faut donc que l'Auteur des Essais avoüe qu'il a pris mal ses mesures en se fondant sur un texte qui est combattu par les monumens certains de l'Histoire ; mais on ne peut mieux découvrir la faute qui se trouve dans ce Journal qu'en disant qu'elle a rapporté au mois d'Avril ce qui appartient au mois de Mai, & comme le 14. de ce mois-là tomboit en un Lundi, ce qu'a dit cette Princesse, retrouvera sans peine sa veritable Epoque.

H

Je conviens que Nicolle Gilles, qui a
été suivi par Jean du Tillet, dit que cette
Victoire fut gagnée le 18. du même
mois. Mais il faut qu'il y ait là quelque
mal-entendu, étant certain que la nouvelle en étoit toute publique à Paris dés
le 20. du même mois, comme porte un
Extrait des Regiſtres de l'Hôtel de Ville
de Paris. *L'an mil cinq cens neuf, le Dimanche vingtiéme jour de Mai furent re-
çûës en l'Hôtel de la Ville Lettres du Chancelier, contenant que le Roi avoit eu une
grande Victoire en guerre contre les Venitiens ſes ennemis, &c.* Que l'Auteur ac-
commode, s'il veut, cette Epoque avec
la ſienne, & qu'il nous diſe ſi on aura
pû être 36. jours ſans ſçavoir en France
cette nouvelle ; pour moi je trouve
qu'elle convient parfaitement bien au 14.
de Mai, y ayant eu ſix jours d'interval-
le, & qu'elle ruïne à même temps celle
de Nicolle Gilles, n'étant pas poſſible
qu'en moins de deux jours la Reine eût
nouvelle d'Italie, & qu'enfin elle eût
pû donner ſes Ordres pour un *Te Deum*.

C'eſt donc ſans fondement qu'il s'eſt
imaginé avoir vû des Hiſtoriens qui
avancent ou reculent à leur gré de 10.
jours cette Epoque, étant certain qu'il

n'en trouvera aucun qui vienne à sa sup-
putation , puisque Nicolle Gilles ne la
recule que de quatre jours , & que cette Princesse l'avoit avancée d'un mois.

Ce qu'il ajoûte que les mêmes Historiens n'ont pû jusqu'à present fixer leur
incertitude sur ce grand évenement ,
est une chimere qu'il invente à plaisir ,
étant trés-certain qu'il y a un nombre
assez grand d'Auteurs qui conviennent
de ce fait, & je ne doute point qu'ils n'en
soient convaincus.

Mais selon lui , ce qu'il y a de plus
glorieux pour *cette Princesse* , est qu'elle
*démêle parfaitement bien ce fait , & qu'elle
en donne une Epoque sûre* | Mais c'est l'Au-
teur qui le dit ; car qui avant lui, l'a trouvée bonne , & qui s'en est servi ?

Ce qu'il dit que cette Princesse démêle
bien cette Epoque , fait voir que si les
hommes ne disoient que ce qu'ils sçavent , ils diroient peu de chose , étant
certain qu'elle ne démêle rien , & même
qu'elle n'a pas eu en vûë de rien démêler , elle a écrit ou fait écrire ce qu'elle
en rapporte sans contention ni sans marquer qu'elle veut tirer quelqu'un d'erreur ; & afin qu'il l'entende bien , c'est-

là ce que l'on appelle démêler un fait
d'Histoire. Et si je me suis un peu arrêté
sur cette Epoque, ce n'a été qu'à dessein
de lui apprendre à démêler un point
d'Histoire, & non pas l'embroüiller
comme il fait.

Mais nous ne sommes pas hors de ses
démêlemens, puisqu'il nous va donner
une nouvelle fausseté à examiner. Il dit
que *les mêmes Historiens en parlant de la
fuite & de la prise de Sforce Duc de Milan,
ne disent pas qu'il se sauvoit en habit de Cor-
delier ; & c'est une circonstance que cette
Princesse fait remarquer.* On se tire comme on peut d'un méchant revers de fortune, & dans une pareille occasion je ne
blâmerois pas un Moine de prendre l'habit d'un Cavalier. L'Auteur même dont
on sçait la condition, se cache sous l'habit
d'un *Hermite* ou d'un *Solitaire.* Mais ce
qu'il y a de certain, est qu'il n'y en a
pas un mot dans les Memoires de cette
Princesse ; & à l'égard de ce qu'il dit que
les Historiens n'ont point fait cette remarque. Arnould le Feron dit tout le
contraire. a *Gallici aliquot scriptores, sum-
pta sodalis Franciscani veste deprehensum.*

Mais quittons cet article pour en exa-

a *In vita Lud.* XII. p. 53.

miner un autre d'une plus grande importance. *Cette Princesse*, dit-il, *donne
à Loüis XII. quatre enfans, conformément
à son Epitaphe qui est à S. Denis ; & de
tous les Historiens il n'y en a pas un qui aille
jusques-là, les uns lui en donnant deux, les
autres trois.* Trois faussetez en cinq lignes. Premiérement il est faux qu'elle
lui donne quatre enfans, puisqu'elle ne
fait mention que de trois. 1°. *Un fils* né
le 21. Janvier 2°. *Claude* née le 13. d'Octobre 1499. & 3°. *Renée* le 25. d'Octobre
1510. Qu'il cherche, s'il lui plaît, le
quatriéme.

Il est faux qu'il soit fait mention de
quatre enfans sur l'Epitaphe de Loüis
XII. n'y ayant aucune Epitaphe au tom-
beau de ce Prince ; & quant à celle qui
se trouve dans le caveau où repose son
corps, il n'y est point non plus parlé d'enfans ; on la peut voir dans le Tresor sacré
de cette Abbaye, p. 360. rapportée par
le Pere Millet Religieux de S. Denis.

Mais ce qu'on ne peut trouver dans
cette Epitaphe, je le trouve dans celle
d'Anne de Bretagne, Epouse de ce Prince, dont voici ce qui touche nôtre sujet,
*Cùm annum ætatis suæ 21. attigisset, duxit
eam Rex Ludovicus XII. Uxorem.* Cui

cùm tres filias & filium unum peperiſſet, vita proh dolor exceſſit duabus tantùm filiabus ſu-perſtitibus, ſcilicet Claudia & Renata. Voi-là juſtement quatre enfans, & la Princeſ-ſe Loüiſe ne parle que de trois. Mais il ſemble qu'il en faut admettre un cinquié-me; car du Pleix dit, *d'Anne ſa ſeconde femme il eut deux fils qui furent rappellez de cette vie à une plus heureuſe peu de jours aprés leur naiſſance, & deux filles qui le ſur-vequirent, Claude & Renée.* Mezerai & Moreri parlent de même. On pourroit poſſible dire que ces trois Auteurs ont pris une fille pour un fils, mais du Tillet Greffier du Parlement de Paris ſemble donner quelque éclairciſſement ſur ce fait, en parlant de la Reine Anne femme de Loüis XII. *Il en eut, dit il, deux fils qui moururent enfans; & par le Traité de Trente* 1501. *fut accordé le mariage de l'aîné Monſieur le Dauphin ou autre fils du-dit Roi à l'une des filles de Philippes Archi-duc d'Autriche. Eut auſſi ledit Roi de la-dite Reine Anne deux filles, Claude & Re-née.* Il ſemble de-là qu'on peut conclure que cette Princeſſe porta en effet cinq enfans, trois filles & deux fils ; & que ſi l'Epitaphe ne fait mention que d'un, c'eſt qu'elle obmet celui qui vint mort au monde, ce qui n'eſt pas ſans exemple.

Mais il paroît de la maniere que s'explique du Tillet que Loüis XII. avoit un enfant actuellement vivant en 1501. autrement il auroit promis en mariage un enfant qu'il n'avoit point encore. Il semble que le Feron favorise ma pensée, lors qu'il dit, *hæc ex eodem die quo natum filium masculum amisit, vixit in luctu*. p. 110. Car il parle là comme d'un fils que ce Prince avoit vû vivant ; c'est une conjecture que j'abandonnerai à la vûe de quelque chose plus justifiée.

Mais ce que je viens de citer sur la foi de quatre Historiens, fait voir clairement que l'Auteur a dit à faux, que de tous les Historiens il n'y en a pas un qui aille jusques-là que de donner quatre enfans à Loüis XII. Il eût peut-être mieux rencontré, s'il eût dit que Loüise de Savoye ne fait mention que de trois enfans, pendant qu'il y a quantité d'Historiens qui lui en donnent quatre, c'est-à-dire, tout le contraire de ce qu'il a avancé. Mais pour cela il faut plus de lecture & moins de temerité. Car quant à ce qu'il ajoûte qu'il y a des Ecrivains qui ne lui donnent que deux enfans, il devoit prendre garde qu'ils parlent de l'état de sa famille lors de son décez.

De tout ce qu'il y auroit à dire sur ce

Journal, nous ne toucherons que l'article de la mort du Roi. *Elle met, dit-il, la mort de Loüis XII. précisément à onze heures & demie & quelque minutes du 31. Decembre 1514. Elle prenoit, ajoûte-il, un assez grand interêt à la chose, pour la sçavoir dans la plus grande exactitude.* Cet Auteur a crû que cette Princesse étoit sa montre à la main au chevet du lit du Roi, lorsqu'il expira, & elle étoit à 30. lieües de-là ; ainsi elle n'a pû en être informée que par le témoignage de ceux qui en instruisirent toute la France ; l'Epitaphe du Roi porte qu'il *trépassa à Paris à l'Hôtel des Tournelles le premier jour de Janvier.* Martin du Bellai dans ses Memoires dit, *le premier jour de Janvier environ minuit.* Et pour faire comprendre combien nôtre Auteur est capable de se tromper, c'est que loin que la Princesse ait dit ce qu'il lui attribuë, elle dit positivement, *le premier jour de Janvier 1515. environ onze heures de nuit à Paris, aux Tournelles trépassa le Roi Loüis XII.*

Aprés cela que l'on juge s'il est plus heureux en découvertes sur les MSS. que sur les imprimez. Il nous avoit donné pour imprimez des Livres qui ne l'ont jamais été, pour MSS des Livres imprimez ; & enfin on verra par la suite qu'il donne quelquefois de pures imaginations comme si c'étoit des Ouvrages qui existent actuellement, cependant qu'il n'y a rien de plus faux.   FIN.

Pagination incorrecte — date incorrecte

NF Z 43-120-12

Contraste insuffisant

NF Z 43-120-14

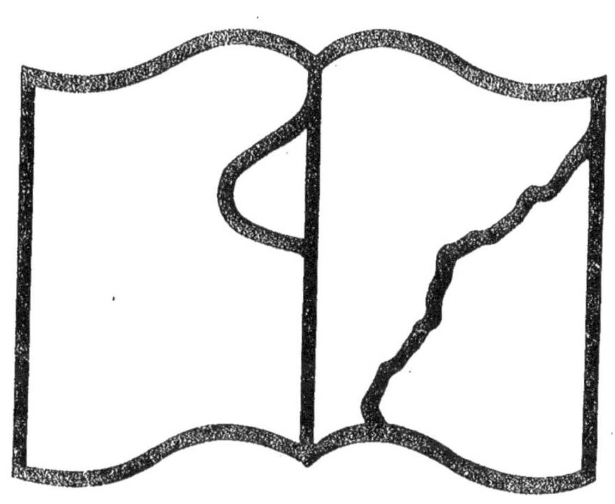

Texte détérioré — reliure défectueuse

NF Z 43-120-11

www.ingramcontent.com/pod-product-compliance
Lightning Source LLC
LaVergne TN
LVHW010400060726
842526LV00005B/1431